Carina Klein
Love-M@il

SERIE PIPER

Zu diesem Buch

Rein statistisch betrachtet sieht es für Pia düster aus, denn jeder weiß: Ab dreißig ist die Gefahr, vom Blitz getroffen zu werden, größer als die Chance, dem Traumprinz zu begegnen. Und an die Liebe auf den ersten Blick glaubt Pia schon gar nicht – bis es sie erwischt, und zwar ausgerechnet zu Silvester, als sie im wahrsten Sinne des Wortes ins neue Jahr rutscht. Leider führt ein dummes Missverständnis dazu, dass der sympathische Fremde, der ihr aufhelfen will, ebenso schnell verschwindet, wie er aufgetaucht ist. Pia gibt eine dieser Anzeigen auf, die sowieso keiner liest, und ihre Schwester Elisa startet in der Radio-Show »Herz an Herz« einen gut gemeinten, aber ziemlich peinlichen Aufruf an den großen Unbekannten. Das Glück scheint Pia hold zu sein – denn es kommen gleich drei E-Mails: eine von einem Stefan, eine von einem Franzosen namens Jean-Pierre und eine dritte mit dem ominösen Absender »batman69« ... Ironisch und charmant erzählt Carina Klein von der Suche nach der großen Liebe, von einem Flirt per E-Mail mit drei Unbekannten – und von den Tücken der modernen Technik.

Carina Klein, geboren 1964 in Berlin und aufgewachsen in Mülheim an der Ruhr, arbeitete nach ihrem Jurastudium und Stationen in Frankreich und Australien mehrere Jahre als Anwältin und hat sich in München selbständig gemacht. Nach dem Romandebüt »Wo geht's denn hier nach oben?« ist »Love-M@il« ihr zweites Buch um ihre Heldin Pia Jacobi.

Carina Klein

Love-M@il

Roman

Piper München Zürich

Von Carina Klein liegt in der Serie Piper außerdem vor:
Wo geht's denn hier nach oben? (3318)

Date sent: In summer 2001
To: Whom it may concern
Subject: A very special thank you in touch with tomorrow

Originalausgabe
Juli 2002

Umschlag/Bildredaktion: Büro Hamburg
Isabel Bünermann, Julia Martinez, Charlotte Wippermann
Foto Umschlagvorderseite: Getty Images/Stone
Gesamtherstellung: Clausen & Bosse, Leck
Printed in Germany ISBN 3-492-23632-4

www.piper.de

Inhalt

Fast ein Vorwort 7

Tempi passati 9
Jetzt oder nie 17
Halleluja 25
In dulci jubilo 32
Happy New Year 44
Akte X 52
Camouflage 67
Pokémon 78
Ach wie gut, dass niemand weiß ... 90
Hotmail 105
Veuve Clicquot 115
A la carte 125
Paris at Night 134
Who's who 150
Das Orakel von Köln 166
Lovers Rock 180
Loveparade 194

Online-Glossar 207

Life is changing everyday
In every possible way
And dreams
It's never quite as it seems.
THE CRANBERRIES, *Dreams*

Fast ein Vorwort

From: Pia Jacobi <pia_jacobi@yahoo.de>
Subject: Fast ein Vorwort

Vielleicht gehören Sie zu den Leuten, die das Vorwort nie lesen. Vielleicht gehören Sie aber auch zu den Zigmillionen in diesem Land, die nicht online sein wollen/müssen/dürfen oder in der glücklichen/schrecklichen/beneidenswerten Lage sind, keinen Computer zu besitzen.

In einer E-Mail kann eine Zeichenkombination vorkommen, die als so genanntes »Emoticon« Emotionen symbolisieren oder missverständlichen Worten einen freundlichen Sinn geben soll. Manchmal werden auch Kürzel verwendet, wie sie in SMS bei Nachrichten aufs Handy gebräuchlich sind. Die bekanntesten (und zwei, drei andere) sind am Ende dieses Buchs erklärt.

Man muss sie nicht unbedingt kennen. Einige der Figuren in dieser Geschichte tun es auch nicht.

Und wenn Sie zu denjenigen gehören, die das nette Mädchen aus der Kaugummiwerbung tatsächlich anrufen: Die hier genannten Adressen sind fiktiv.

Bis auf pia_jacobi@yahoo.de

Tempi passati

Zentimeterweise rückt die Schlange an der Kasse vorwärts, langsam lässt Pia ihre Augen über die bunten Bilder im zehn mal drei Meter breiten Zeitschriftenregal streifen. »Chicorée – neu entdeckt«, »Mexiko – jetzt!« Und ein großes deutsches Lifestyle-Magazin fragt in signalroten Lettern jeden, der sich von der barbusigen Schönheit auf dem Cover angezogen fühlt: »Sex mit dem Ex – und dann?«

Was war nach einer schönen Nacht, die viel zu kurz und keine war? Beim Frühstück las Flo den Börsenteil und suchte die Aktie von Amazon.

Besonders trostlos ist ein Supermarkt an einem Samstagnachmittag gegen halb vier. In der Brotecke neben dem Eingang fegt einer mit seinem kleinen Handbesen die letzten Krümel aus den Fächern und hebt bedauernd die Schultern. Einige Meter weiter, im leeren grünen Regal, langweilen sich die letzten welken Salatblätter. Mit unbewegtem Gesicht zieht die Putzfrau gleichmäßig ihre Wischmopp-Bahnen über den Boden, planlos versammeln sich Kunden am Kühlregal.

Zu Hause schiebt Pia eine Tiefkühlpizza in den Ofen und blättert im Fernsehprogramm. Spiele, Spaß und Spannung und ein Tipp der Woche. Eine Dokumentation über das »Wunder Mensch: In fünfundsiebzig Jahren verbringt er dreieinhalb Jahre mit Essen, zwölf vor dem Fernseher … und wird sich zweimal verlieben …« Blendende Aussichten, wenn das Pulver bereits verschossen ist: einige Jahre vor dem Fernseher und alle zwei Jahre eine Wiederholung.

Das Telefon klingelt.

»Hallo?«

»Hi.«

»Ach, hallo, Belle.«

»Hast du den Brief schon bekommen?«

»Welchen Brief?«

»Die Einladung von Ina und Co.«

»Welche Ina?«

»Ina Holzer.«

»Ich kenne keine Ina.«

»Miss Piggy!«

»Du meinst doch nicht die aus der fünften Klasse?«

»Doch.«

»Hatte sie das Klassentreffen denn nicht abgeblasen?«

»Sie will's noch mal versuchen. Sie hofft, dass jetzt vor Weihnachten vielleicht einige ihre alte Heimat besuchen und kommen werden.«

»Ich soll dich zum Lästern begleiten?«

»Ist doch lustig.«

»Na, ich weiß nicht.« Gelangweilt kritzelt Pias Kugelschreiber in der Programmzeitschrift herum. Die Tante auf dem Kreuzfahrtschiff aus der Kaffeewerbung bekommt einen wilhelminischen Schnurrbart. »Wusstest du, dass wir uns im ganzen Leben nur zweimal verlieben?«

»Wer sagt das?«

»Eine Dokumentation über das Wunder Mensch.«

Belle lacht. »Du, es klingelt, ich muss Schluss machen. Ich ruf wieder an.«

Die erste große Liebe hieß Oliver. Sie begann mit schüchternem Händchenhalten in der fünften Klasse und war nach einem unbeholfenen Kuss in der sechsten beendet. Der Kuss schockte ihn so, dass er eine Woche nicht zur Schule kam und Pia fortan mit scheuem Seitenblick aus dem Wege ging. Als sie dann noch einmal versuchte, ihn auf einer peinlichen

Klassenfete zu Rod Stewards »I am sai-ling … I am sai-hailing« über die Tanzfläche zu schieben, suchte er endgültig das Weite, bis man ihn Jahre später auf einem knatternden Mofa um eine andere, rothaarige Schönheit herumfahren sah. Ein mit rotem Filzstift gekrakeltes »P + O« an der Tür der Mädchentoilette des Goethe-Gymnasiums ist das Einzige, was von dieser großen Liebe übrig blieb, und die vage Erinnerung, dass er ein kleiner, blasser Junge war. Ein kleiner Junge, der sein Schinkenbrötchen bereitwillig tauschte gegen eins mit altem Käse. Einer mit Brille, den sie »Kartoffelkopf« nannten.

Das alles ist ewig lange her und längst vergessen.

Erinnerungen an mehr oder weniger glückliche Liebschaften, unerklärliche Dinge wie den Zitronensäurezyklus und Analysis II, denen man mit Aushändigung des »Reife«-Zeugnisses und segensreicher Wünsche für die Zukunft glücklich entronnen zu sein dachte. Und dann liegt dieser Brief im Kasten:

Kaum zu glauben, aber wahr, das Abi ist nun schon zehn Jahr! Drum möchten wir, ihr lieben Leut', euch alle sehn, in großer Freud! Ina, Ilka, Monika

Lirum, larum, Löffelstiel. *Um Antwort wird gebeten.*

Von der alten Clique kommt sowieso niemand, mit den anderen ist nicht mehr viel anzufangen. Anfangs telefoniert man noch ein bisschen. Schickt in immer größeren Abständen eine Karte zum Geburtstag und, ach übrigens, die neue Adresse, Grüße in homöopathischen Dosen, ausschleichend. Belle meint, es sei an der Zeit, endlich zu tun, was man eben so tut: ein Haus bauen, einen Baum pflanzen, einen Sohn zeugen … Zu einem Klassentreffen zu gehen, gehöre natürlich auch dazu.

Ina war eine lange Dürre, die sie »Miss Piggy« tauften, ein an sich ganz hübsches Mädchen mit einem tragischen Faible für Pink. Sie hatte schon immer etwas Vereinsmeierisches an sich. Jahrelang managte sie den Tafeldienst, auch wenn es sie nix anging. Zwei Minuten nachdem das Din-g-Dan-gg-Don-ggg zum Unterrichtsbeginn durch die Schule gedröhnt war, rannte sie mit wehenden Zöpfen zum Lehrerzimmer, um nach dem Lehrer zu sehen. Wenn da niemand war, zum Vertretungsplan am schwarzen Brett. Nie ließ sie einen abschreiben und immer ging sie petzen, wenn man in der großen Pause den Schulhof verließ, um sich am Büdchen um die Ecke ein Negerkussbrötchen zu kaufen, was nicht nur ungesund, sondern aus versicherungstechnischen Gründen absolut verboten war. Oder um Oliver Weber zu küssen, was zwar nicht verboten, aber völlig sinnlos war.

Bei ihr zu Hause musste man die Schuhe ausziehen, und, wie auf Teeniepartys üblich, im lockeren Kreis auf dem Boden sitzen. Inas einzige Platte, »Hair«, quälte die Ohren, bis jemand die blaue, die weiße und rote Scheibe von den Beatles auflegte, die sie irgendwann einmal von ihrem Bruder geerbt hatte. Ihr Bruder wollte sie später in der Luft zerreißen, weil die Platten angeblich Sammlerstücke waren, die nicht (nie!) abgespielt werden durften. Schließlich begann Ina mit entrücktem Lächeln auf ihrer verstimmten Gitarre gesellige Gstanzl der Pfadfinder zu klampfen, und ihre Gäste warteten andächtig darauf, dass sie damit aufhörte.

Nun hat Ina weder Kosten noch Mühen gescheut, das Klassentreffen zu organisieren und die alten Veteranen in den TSV Rot-Weiß zu laden, wo sie hinter einer hellbraunen Ziehharmonika-Tür eine Art Nebenzimmer für gesellige Runden gebastelt hat. An der Wand ramponierte Tennisschläger und die Vereinsfahne, Fotos von Mannschaften mit krummen Beinen in rotweißen Trikots, auf dem Platz, im Tor, vor Bussen, bei Weihnachts-, Karnevals- und sonstigen

Feiern. In einer Vitrine diverse Pokale, Hockey, Tennis, in Gold, Silber, Bronze. Am Fenster immerrote Plastik-Weihnachtssterne in selbst getöpferten Kübeln.

Leider hat Ina nicht alle Adressen ausfindig machen können, einige hatten Düsseldorf doch tatsächlich den Rücken gekehrt, verstreut »in alle Welt« zwischen Bodensee und Frankfurt an der Oder. Auch hat Ina versucht, ein paar alte Lehrer zu organisieren, die haben jedoch der Reihe nach dankend abgelehnt, was Ina gar nicht verstehen kann.

Sie ist nun selbst Lehrerin am Goethe-Gymnasium und hätte sich ein bisschen mehr Sinn für »Gemeinschaft« und »Tradition« gewünscht. Schade auch, dass vom gesamten Jahrgang nur so wenige gekommen sind, aber, nun ja. »Sicherlich habt ihr euch viel zu erzählen. Beruflich und familiär hat sich ja einiges getan.« Sie lacht laut auf. »Tempus fugit, nicht wahr?« Und schlingt die Arme um ihren Mann.

Er arbeitet in einer Versicherung, Abteilung »Kraft-Schaden«. Im nächsten Jahr wird er Abteilungsleiter. Wenn alles gut geht. Vor drei Monaten sind sie nach Hösel gezogen, Ina, ihr Mann und ihre zwei »Racker«. Pummelige Jungs mit Köpfen wie Fußbälle. Ein Foto zeigt sie mit Schippe und Eimer am Sandkasten. Der eine streckt die Zunge raus, der andere schielt absichtlich.

Die anderen sind im zweiten, vierten oder sechsten Monat oder haben Kinder, die zwei, vier oder sechs sind. Aus Paris, New York, Tokio wurden Wermelskirchen, Erkrath, Wuppertal-Elberfeld. Ina wendet sich an Pia und Belle und fragt: »Und was macht ihr so?«

Nachdem sie die »Und-was-machst-du-beruflich?«–Frage durchdekliniert haben und zum Thema Schwangerschaft ebenso wenig beitragen können wie zu Fruchtwasseruntersuchungen, Milchschorf, Fixies oder Masern, beschränken sie sich auf ein gelegentliches »Ah!« und »Oh!« beim Bewundern verschiedenster Bilder von Kindern, Garten und Gran Canaria.

Jemand lässt ein Foto aus der siebten Klasse herumgehen: Eine Horde pickliger Schüler auf einem dreistufigen Podest in einer Tropfsteinhöhle. Wer schon einmal dort war, kann die Fototapete erkennen, die sie draußen, vorm Eingang der Höhle, aufgehängt haben, damit Generationen von Schülern dieses Erinnerungsfoto schießen können.

Die Mode aus der siebten Klasse, hellblau, beige, braun und lila in großen Karos, hängt gerade wieder in den Schaufenstern und Ina stellt mit fast philosophischem Unterton fest: »Man sollte nix wegwerfen. Das kommt alles wieder!«

Belle zeigt auf den Klapperdünnen in der nietenbesetzten Jeansjacke und grinst zu Pia hinüber. »Ist das nicht ... Wie hieß er noch?« Der mit dem struppigen Pferdeschwanz. Pia betrachtet das Foto genauer.

Nach dem Desaster mit Oliver war Pia untröstlich und pflegte ihren Kummer mit einer guten Portion »Yesterday« zu zelebrieren, bis sie sich schließlich mit einem ewigen Sitzenbleiber trösten musste, der zwar nicht die große Liebe, aber unglaublich cool war. Anstandslos ließ er sich küssen, ohne dass sie zunächst ein halbes Jahr hätten Händchen halten müssen. Er war schon achtzehn, als alle gerade erst fünfzehn waren, und durfte eine Yamaha XT 500 fahren, als die anderen noch an ihren lahmen Mofas herumfrisierten, um drei weitere mickrige PS herauszuschrauben.

An manchen Tagen nahm er Pia mit und brachte sie nach Hause. Das heißt, nur fast, denn um die Nerven ihrer Mutter zu schonen, war es besser, an einer Straßenecke vorher abgesetzt zu werden und die restlichen Meter zu Fuß zu absolvieren, so, als käme man gerade von der Bushaltestelle geschlendert. Ruth hatte bis halb zwei mit dem Mittagessen gewartet, sah mit zusammengekniffenen Augen auf die winzig kleinen Zeiger ihrer winzig kleinen Armbanduhr und empörte sich kopfschüttelnd, dass in letzter Zeit immer wieder so ein »Rowdy« mit einem Höllenlärm durch den Moosweg raste. Durch dieses gutbürgerliche Viertel, in dem die Vorgärten gepflegt und Nachmittage besonders ruhig waren. Manchmal nannte sie den »Rowdy« auch einen »Halbstarken«, ein Begriff, mit dem außer Ruth niemand etwas anzufangen wusste.

Unnötig lange standen Pia und der »Halbstarke« auf dem Schülerparkplatz an der Maschine herum, langsam streifte sie den Helm über den Kopf, schmiegte sich an seinen Rücken und beobachtete aus dem Augenwinkel, ob auch alle, vor allem Oliver und sein Mofa, guckten. Sie ließ das Visier herunterklappen und brauste mit lässigem Winken davon. Die Mädchen taten, als hätten sie nichts gesehen, die kleinen Jungs sahen traurig hinterher und ahnten, dass sie darauf noch mindestens drei lange Jahre würden warten müssen. Schon nach der ersten Tour trug Pia als Souvenir eine kleine Brandblase davon, als das Heruntergleiten vom Motorrad eine Spur zu lässig geriet und sie am Auspuffrohr hängen blieb, wofür der ewige Sitzenbleiber keinerlei Mitleid aufbringen konnte, sie hätte sich schließlich denken können, dass das heiß ist. Eine hässliche, schmerzhafte Angelegenheit, die sich jedoch mit leise triumphierendem Stolz ertragen ließ, weil sie etwas ganz Besonderes war, was schließlich nicht jede hatte.

Pia sagt: »Er hieß Peter.«

Und Ina lacht in die Runde. »Weiß jemand, was aus ihm geworden ist?«

Allseits achselzuckendes Kopfschütteln.

»Vielleicht sitzt er im Knast.« Pia sieht Ina mit ironischem Augenzwinkern an, und sofort ist Ina Feuer und Flamme.

»Warum? Warum soll er denn im Knast sitzen? War er etwa kriminell?«

»Nicht direkt.«

»Wie? Nicht direkt?«

»Ach, vergiss es. War bloß ein Scherz.« Pia lächelt Ina beruhigend zu. Ein blöder Scherz. Dass Peter jedes Frühjahr ein funkelnagelneues Motorrad fuhr und dieses vor seinem Verschwinden immer gut versichert war.

Um zehn sieht Inas Mann auf die Uhr und findet, es sei spät geworden. »Oder möchte jemand noch was trinken?«

Niemand hat Lust, noch etwas zu trinken, und so beginnen alle mit den Eisenstühlen zu scharren und sich einzeln aufzulösen.

Ina hat noch immer dieselben roten Haare, ihr Mann noch immer denselben Kartoffelkopf. Den Pink-Tick hat sie inzwischen aufgegeben.

Beide kleiden sich im Partnerlook, diesen Outdoorjacken, mit denen man selbst bei schlechter Witterung auf den Nanga Parbat spazieren kann.

Arm in Arm federn Ina und Oliver sportlichen Schrittes über den Parkplatz zu ihrem Auto. Ihr Cherokee setzt den Blinker und biegt auf die B 8.

Jetzt oder nie

Unbestätigten Gerüchten zufolge ist der dreißigste Geburtstag das endgültige Signal, dass fast alles zu spät ist. Dass man sich nicht nur nie mehr verlieben, sondern auch das mit dem Haus, dem Baum und dem Sohn nicht mehr auf die Reihe kriegen wird. Ein bekanntlich »schwieriges« Alter, in dem sich, wohin Pia auch schaut, vor allem familiär einiges tut. Und Pias jüngere Schwester Elisa, stellvertretend für die ganze Sippschaft, auf Pias Party die Frage wagt: »Na? Wann ist es denn so weit?«

»So weit was?«

»Du weißt schon.«

»Nein, weiß ich nicht.«

»Ihr wollt doch bestimmt heiraten, Flo und du?«

»Warum?«

Elisa hebt ihren Arm hoch und hält Pia ihre Armbanduhr unter die Nase und sagt mit hysterisch heller Stimme in gespielt kindischem Ton: »Ticktack!«

»Flo sicherlich nicht, das ist vorbei.«

»Ja ..., aber, ich dachte ...«

»Falsch gedacht.« Pia entgegnet Elisas verdutztem Blick mit einem Grinsen.

»Ihr habt so gut zusammengepasst.«

»Woher willst denn du das wissen?« Pia lacht. »Entschuldige, ich muss mich um meine Gäste kümmern.«

Tanja kann nicht kommen. Sie wartet jeden Moment auf Franka, das lang ersehnte Schwesterchen für Timo. Belle hat noch in der Bank zu tun, vielleicht will sie später noch aus Köln anreisen. Flo hat eine Werbekampagne für einen nicht gerade handzahmen, aber viel versprechenden Kunden an der Angel und steckt gerade in einem Meeting mit irgendwelchen PR-Fritzen in seiner Agentur fest. Florian Urbans »best agency – events & promotion«.

Sophie, Marlene und Andrea, glücklich, verheiratet, kinderlos, sind eine Stunde zu früh, wollen aber nicht mit Pia anstoßen. Pia setzt das Tablett mit den Gläsern auf dem Tisch ab. »Seid ihr dem Guttemplerorden beigetreten oder mögt ihr den Sekt nicht?«

Die drei fangen an zu kichern. »Doch, natürlich.«

»Aber?«

»Wir dürfen im Moment nicht.« Wie aus einem Mund hängen ihre Worte mahnend in der Luft.

»Ihr ...? Ach Gott, ihr meint doch nicht etwa ...? Ach, das ist ja toll!« Unentschlossen sieht Pia auf all die Gläser. »Was kann ich euch ...?«

»Ein Multivitaminsaft wär toll.«

»Oder grüner Tee.«

»Nein. Keinen Tee.« Andrea schüttelt den Kopf.

»Okay, ich geh mal gucken, was ich da hab.« Pia verschwindet in der Küche und inspiziert ihre Vorräte. Campari für Sophie. Sophie mochte Campari in Furcht erregend rauen Mengen. Martini für Marlene. Marlene war ohne Martini gar nicht vorstellbar. Und einen knochentrockenen Weißwein für ... Andrea trank nur einen ganz bestimmten Chablis.

»Cola, Wasser, Orangensaft?«

»Hast du auch Cola Light?«

Pia schüttelt den Kopf.

»Zeig mal den Orangensaft.« Andrea überprüft das Etikett und gibt ihr die Flasche angewidert zurück.

»Stimmt was nicht?«

»Da sind Sägespäne drin, wusstest du das nicht?«

Pia betrachtet die Orangen auf dem Schild und liest: »Mit

natürlichem Vitamin C ohne Zuckerzusatz, wie frisch gepresst.«

»Sie tun Sägespäne hinein.«

»Ein Glas enthält vierunddreißig Prozent der empfohlenen Tagesdosis.«

Andrea verzieht keine Miene. »Das ist nicht zum Lachen.«

Sophie kann es nicht glauben: »Ach, das sind Märchen« und Marlene sagt: »Ich glaube, wir nehmen alle ein Wasser.«

Elisa kommt vom Telefonieren aus dem Schlafzimmer zurück, kapiert mit einem Blick, was los ist und bricht in ehrliches Freudengeheul aus. »Das ist ja toll. Wann ist es denn so weit?«

Wann es bei ihr so weit ist, weiß Elisa noch nicht, aber sie weiß, dass sie Heiraten so romantisch findet. Sie weiß bloß noch nicht, wann, und auch immer noch nicht, wen. Auf jeden Fall aber ganz in Weiß, mit einem Hochzeitstisch bei Krempel & Borgmann, dem Traditionsgeschäft für Haushaltswaren, einem Römertopf und dem sechzehnteiligen Tafelservice von Rosenthal, dem vierundzwanzigteiligen Kelchglas-Set Château, einem Fonduekarussell, zweiundzwanzigteilig, und der Besteck-Garnitur im Attaché-Koffer, achtundsechzigteilig für zwölf Personen, Edelstahl 18/10, rostfrei, und dem Messerblock, Profi Gourmet Steel, und der Bettwäsche von Paloma Picasso ... und ... und ... und. Auf jeden Fall mit Blumen streuenden Kindern und roten Luftballon-Herzen, die in den Himmel steigen, Tüllschleifchen am Auto und klappernden Dosen auf dem Weg in die Toskana.

»Also Pia ...«, Küsschen hier, Küsschen da, »Alles, alles Liebe zum Geburtstag!« Umgehend lassen sich Sophie, Marlene und Andrea neben dem Büffet in der Küche nieder und von ihren Angetrauten tellerweise bedienen, weil sie ja jetzt »für zwei« essen. Sie finden ein paar Filzstifte und ein Blatt

Papier, malen darauf herum und hängen eine gemeinsame Kriegserklärung an die Tür. Ab sofort herrscht in der Küche absolutes Rauchverbot.

Es klingelt und klingelt, in Phasen trudeln andere Gäste ein. Auch Frau König, die Witwe aus der dritten Etage, die vorbeikommen und mitfeiern soll, wenn ihr das Partypalaver zu laut wird.

Flo hat es doch noch geschafft und ein paar Yuppies aus seiner Agentur eingeladen, die sich an dreihundert Tagen im Jahr von Party zu Party schnorren. Einer von ihnen wollte nicht ohne Geschenk auftauchen und hat ein witziges T-Shirt mitgebracht. Eines dieser witzigen T-Shirts, die man in diesen witzigen Läden am Bahnhof kaufen kann, wo dann »Zicke« draufsteht oder »56« oder »Shiva's Eye«. Oder: »Ich bin dreißig – wer hilft mir über die Straße?«

Der Typ, der es mitgebracht hat, lacht sich halb tot und beginnt mit scherzhaften Boxbewegungen um Pia herumzutänzeln. Eine vielleicht unter PR-Leuten übliche Spaßoffensive. Flo sieht die Antiraucherkampagne an der Küchentür und fragt: »Was ist denn hier los?«

Eine Woche später kommt ein rosa Brief von Tanja. »Franka ist da! Komm sie doch mal anschauen! Ist sie nicht süß?« In einem weißen Strampelanzug mit rosa Blümlein und einem niedlichen, roten, verknautschten Gesicht.

Pia kauft einen Satz Knuddelhasen, drei werden zu Hause auf die Kinder von Marlene, Andrea und Sophie warten, einen bekommt Franka.

Sie liegt in ihrer ökologisch-korrekt-lackierten Wiege und pennt vor sich hin, von ihrem Brüderlein eifersüchtig bewacht.

Tanja hat ein Herz für Tiere und trostlose Singles, und ganz zufällig sitzt auch ihr langweiliger Cousin auf dem Sofa. »Guck mal, Pia: Jürgen ist da! Willst du ihn dir nicht wenigstens mal anschauen?« Pflegeleicht, zuverlässig. Student der Elektrotechnik. Einer, der seine Zukunft in einer Excel-Tabelle katalogisiert hat. Mit dem Tanja nichts anfangen kann, aber Pia vielleicht, nicht, weil sein Sexappeal ihr alle Sinne raubt, leise über ihren Rücken rieselt und weiche Knie verursacht, sondern weil er eine, vielleicht *die* entscheidende Eigenschaft besitzt: Er ist noch nicht verheiratet. Grund genug für Tanja, Pia unbedingt mit ihm bekannt zu machen. Sie tut dann ganz geschäftig und lässt sie mal »kurz« allein, nicht, ohne ihr noch einmal verschwörerisch zuzuzwinkern, bevor sie das Zimmer verlässt. Nach einvernehmlichem Schweigen kommt von ihm zunächst ein einleitendes Räuspern und dann:

»Und? Was machst du so?«

...

»H-mh.«

...

»Ah ja.«

...

»M-mh.«

So stöpseln sie in einem nichts sagenden Gespräch eine Weile vor sich hin, bis der Cousin die Gelegenheit nutzt, ihr ganz unauffällig, quasi nebenbei, unter die Nase zu reiben, was er für ein Auto fährt und was sein letzter Urlaub gekostet hat, dass also ein echtes Alpha-Männchen vor ihr sitzt und nicht irgendein Loser, der nach einer Flasche Single Malt vielleicht ein romantisches Gedicht schreibt, aber ansonsten wie Spitzwegs Poet unterm Regenschirm haust und nix gebacken kriegt, eines dieser zahlreichen, traurig-erfolglosen Gamma-Männchen.

Obwohl das Alpha-Männchen schwer von sich überzeugt ist und als potenzieller Kandidat für Haus, Baum und Sohn natürlich jede kriegen kann, sagt ihm der Instinkt, dass es auch für ihn langsam eng wird. Deshalb wird er Pia noch ein paarmal anrufen und versuchen, sie zum Chinesen in der Fußgängerzone einzuladen, Tanja hat ihm ihre Nummer gegeben, sie hat doch nichts dagegen, oder? Und wenn Pia mit ihm noch nicht einmal zum Chinesen geht, ist es so weit. Wenn Pia keine Lust hat, mit ihm allein in einem Riesenladen zwischen trostlosen Kellnern und einem ebenso trostlos in einem Aquarium umherdümpelnden Schleierschwanz in einem Dak Tui Gim, Chicken Nummer 132, herumzustochern, ist sie ein durch und durch hoffnungsloser Fall.

Doch Tanja hat nicht nur ein Herz für trostlose Singles, sondern auch für unverheiratete Cousins, und man kann nur hoffen, dass sie nicht noch mehr davon hat, denn wenn Pia sagt »Hey! Hallo Tanja! Mir geht's gut«, glaubt sie ihr nicht. Und dass sie Tanja und ihre kläglichen Kuppelversuche durchschaut hat, auch nicht.

Einsam und verlassen wird sich Pia vor dem Fernseher dem bitteren Ende entgegenfressen. Anstatt die Chips mit einer fröhlichen Kinderschar zu teilen, wird sich der Family-Pack allein auf ihre Hüften legen, bis sie nicht mehr durch die Tür passt und man sie eines Tages mit einem Kran aus dem Fenster hieven muss, was ihr immerhin zur besten Sendezeit einen kleinen, aber hinreichend sensationellen Auftritt bei RTL Explosiv verschafft.

Versauern wird sie. Seit sie sich mit diesem Shopping-Service für gestresste Büromenschen selbständig gemacht hat, ist sie selber einer. Belle wollte ihr schon zur Aufheiterung einen strippenden Nikolaus vorbeischicken, damit sie mal wieder auf andere Gedanken kommt, stattdessen muss Pia den Abend mit den Wirtschaftsjunioren im Arabella verbringen. Auf einem Seminar mit dem verheißenden Titel »E-Commerce. Herausforderung und Chance«.

Männer mit wenig Haaren und viel Bauch wandeln in dunklen Anzügen palavernd im Foyer auf und ab, tragen kleine Koffer und teure Uhren und eine Aura von Wichtigkeit. Sie folgen den aufgestellten Hinweisschildern in den Heinrich-Heine-Saal, nebenan tagt der deutsche Anwaltverein zum neuen Familienrecht.

In der Pause scharwenzeln sie mit schalen Komplimenten um die fünf Juniorinnen herum.

Nach einem langweiligen Vortrag über eine Internetbude in einer Garage in Seattle und das, was aus dieser Garage geworden ist, erzählt der Referent noch ein bisschen von Dotcoms und Dotgones und kommt endlich zum Schluss.

»Das Internet hat unsere Wirtschaft grundlegend verändert. Lassen Sie uns die Herausforderungen der Zeit gemeinsam meistern. Mit einem Wort: Zukunft ist jetzt!«

Es gibt freundlichen Applaus und noch ein wenig Smalltalk hier und da, das allgemeine Austauschen diverser Visitenkarten, joviales Gelächter und die Frage der aus anderen Teilen der Republik angeflogenen Junioren, wo man denn die Gegend »unsicher machen« kann. Sie werden in der Altstadt versacken und morgen beim Frühstück mit verkaterten Gesichtern prahlen, wo und wie sie »die Sau rausgelassen« haben. Mit Girls, Girls, Girls, Schampus und Cohibas im Whirlpool, wobei ungeübte Einsteiger von der Zigarre Durchfall bekommen und das weitere Rauslassen der Sau vorzeitig abbrechen müssen.

Die anderen lockern ihren Schlips und gehen ebenfalls zum informellen Teil der Veranstaltung über: Sie rotten sich an der in kitschigem Gold und Braun gehaltenen Hotelbar zusammen, hinter der in makellos weißer Schürze ein Barkeeper inmitten geschickt arrangierter Spiegel Cocktails durch die Luft schüttelt, sodass es Pia, noch im nüchternen Zustand, so vorkommt, als schüttelten zehn Barkeeper Cocktails durch die Luft. Aus kleinen braunen Lautsprecherkugeln rieselt dieses kosmopolitische Easy-Listening-Gedudel, das man vom Einsteigen in ein Flugzeug kennt, wenn die Stewardess durch die Reihen gleitet, immer mit einem Klapps am Gepäckfach und einem prüfenden Blick, ob auch jeder angeschnallt ist.

Pia atmet tief ein und nutzt einen günstigen Moment, sich ganz allgemein zu verabschieden. Ein kleiner Fettwanst mit pomadiger Halbglatze legt seinen Arm um ihre Schulter und versucht, sie an sich drücken. »Ich geb einen aus, 'n Pils und 'nen Kurzen.« Aus seinen gedunsenen Lippen gluckst dreckiges Gelächter, Pia windet sich aus seiner klammernden Umarmung und flüchtet zur Garderobe.

Als sie mit ihrem Auto an dem hell erleuchteten Hotel vorbeifährt, sieht sie im Restaurant unter all den grau melierten Semestern einen Herrn, der ihr bekannt vorkommt. Er ist in junger, hübscher Begleitung, sie unterhalten sich und schäkern miteinander. Vielleicht Prof. Dr. Dr. Harry Arnold, der Tenniskompagnon ihres Vaters, der seine Püppchen auf Tennis- und Golfplätzen angelt und regelmäßig austauscht wie alte Bälle.

Halleluja

Wie immer wirft der Heilige Abend immer kürzere Schatten weit voraus. Wie immer hat Pia keine Idee für Ruth, Bernhard und Lydie.

Sie hofft, dass Belle vielleicht weiß, was sie ihrer Mutter, ihrem Vater und ihrer Großmutter schenkt, doch Belle ist in dieser Frage leider die völlig falsche Adresse. Ihre Familie hat sich beim letzten Weihnachtsfest so gezankt, weil jemand fernsehen wollte und nicht durfte, dass im Moment keiner mehr von Weihnachten spricht und sich die Frage nach Geschenken erübrigt. Belle wird den Heiligen Abend mit anderen Weihnachtssaboteuren in einer netten Kneipe verbringen, Zeitung lesen, vielleicht mit dem Typen hinter der Theke flirten und darauf warten, mit welchen Gesichtern andere Gäste gegen zweiundzwanzig Uhr auf einen Absacker hereinkommen, um sich nach und nach zu entspannen.

Wie in jedem Jahr hat sich Pia vorgenommen, die Geschenke bereits im Juli oder August, en passant, wenn sich etwas Passendes bietet, spätestens im September, allerspätestens im Oktober zu kaufen. Und wie in jedem Jahr hat sie es wieder nicht getan.

Elisa hat vorgeschlagen, auf Geschenke ganz zu verzichten und einfach nur nett zusammen zu sitzen, ohne dass jeder wochenlang durch die Stadt hetzen muss, um irgendetwas zu kaufen, was dann doch nicht gefällt und mit den Worten »Ja. Doch. Sehr schön.« in der Versenkung verschwindet, bis man es, Jahre später, aus Versehen, über einen Umweg von zwei anderen Beglückten, wieder zurückbekommt.

Ruth und Lydie allerdings hat dieser Vorschlag gar nicht gefallen. Sie haben kein Problem mit Geschenken. Sie hetzen auch nicht durch die Stadt. Sie kaufen Bücher, die sich zunächst auf der Bestsellerliste vom »Spiegel« und dann in ihrer Schrankwand gut machen: Sachbuch Nummer 1 von Lydie für Bernhard; Sachbuch Nummer 2 für Bernhard von Ruth; Roman Nummer 1 von Ruth für Lydie; Roman Nummer 2 von Lydie für Ruth. Alles in der Buchhandlung hübsch verpackt, in goldenem Papier mit antiken Büchern drauf. Von Bernhard gibt es für Ruth und Lydie Parfüm. Hübsch verpackt von Douglas, mit langen, bunten, zu Korkenzieherlocken gezwirbelten Geschenkbändern. Den Kindern kredenzen sie selbst gebackene Plätzchen und ein Kuvert mit Geld, von Lydie ausnahmsweise auch eine goldene D-Mark, zur ewigen Erinnerung an Konrad Adenauer und die gute alte Zeit, als Werte noch was wert waren.

Im Allgemeinen sind Gutscheine beliebt, die einen elegant aus der misslichen Lage befreien, ewig in diversen Schubladen herumliegen und Jahre später, vielleicht auch nie, eingelöst werden. Elisa würde, ohne sich zu schämen, Gutschein Nummer 4 in die Umlaufbahn schicken, wie im letzten, im vorletzten und vorvorletzten Jahr, von den Gutscheinen zu diversen Geburtstagen einmal ganz abgesehen. »Es ist ja die Geste, die zählt.« Und Elisas geheime Hoffnung, dass der Gutschein irgendwann vergessen und niemals eingelöst wird.

Den geschlagenen Samstagvormittag rennt Pia mit tausend anderen Hilflosen durch die Stadt, von Geschäft zu Geschäft und kann außer einem neuen Parfüm und einem Pulli, den sie sich selber schenkt, nichts finden. Sie will sich im elterlichen Wohnzimmer ein bisschen inspirieren lassen und auf einen Kaffee kurz im Moosweg vorbeifahren. Vielleicht macht Ruth irgendwelche Andeutungen und winkt mit dem Zaunpfahl.

Ruth freut sich über den unverhofften Besuch und füllt eifrig die Etagere mit gerade aus dem Ofen gezogenen Vanillekipferln, Zimtsternen und Nusshäufchen. Schon als Kind hat sich Pia vor dieser Etagere gefürchtet, weil sie unter Plätzchen zusammenbricht, die man bis Ostern aufessen muss, und weil sie Furcht erregend aussieht. Drei Kristallschalen auf einem schweren, schwarz angelaufenen Silberfuß, auf den stark befiederten Krallen eines Bartgeiers. Nachts, im fahlen Mondschein, wirkt er überdimensional und scheint allmählich aus seiner Starre zum Leben zu erwachen, als wolle er sich gleich zusammenkrallen, in die Lüfte erheben und mit der Tischdecke über den nächtlichen Garten davonfliegen. Er passt eigentlich so gar nicht in Ruths sonst so harmonisches Ambiente, doch eine alte Tante und deren Erbstück sind Grund genug, den Geier in Ehren zu halten und immer wieder auf den Tisch zu stellen.

Ruth schenkt Kaffee ein. Die dritte Tasse bleibt leer. Pia sieht ihre Mutter fragend an.

»Er kommt später.«

In der oberen Etage hört man eine Tür schlagen. Im leichten Trab kommt ihr Vater die Treppe herunter, grüßt im Vorbeilaufen mit einer militärischen Handbewegung an der Schläfe und setzt mit einem waagerechten Haken über den Gartenzaun. Pia sieht ihm erstaunt hinterher. »Seit wann joggt er?«

Ruths Augen schweifen konzentriert über den Rasen, als wolle sie die Mosaiksteinchen einer gerade zerbröckelnden Fata Morgana noch einmal zusammensetzen, und rührt abwesend in ihrer Kaffeetasse. »Ich weiß auch nicht.« Dann sieht sie Pia an. »Aber es freut mich, dass Bernhard etwas für seine Gesundheit tut.«

Sie schiebt ihr das Milchkännchen auf der Tischdecke entgegen. »Du solltest den Kaffee nicht schwarz trinken, das ist nicht gut.«

Und nicht so viel Salz. Keine Eier. Und Äpfel nur mit Schale, wegen der darin versteckten Vitamine. Und dies und das, was man alles tun soll. Richtig essen, richtig stylen, richtig laufen, richtig entspannen, richtig reisen. Zum Beispiel mit dem »Allegra Strandtest – hier liegen Sie richtig« ... Alles immer richtig machen, bis man richtig herum in der (richtigen?) Kiste liegt.

Eine Stunde später packt Ruth Vanille- und sonstige Kipferl in großen Dosen, auf denen pausbäckige Kinder mit roten Wangen und weiß-blau gestreiften Bommelmützen durch den Schnee toben, auf den Rücksitz von Pias Auto und bleibt so lange winkend auf dem Bürgersteig stehen, bis Pia hinter der ersten Kurve verschwindet. Der Wetterbericht im Radio kündigt für Weihnachten eine Warmfront an.

»Das Quecksilber erreicht Werte bis fünfzehn Grad, nachts Abkühlung auf sieben Grad, im Laufe der Woche zunehmend wechselhaft und deutlich kühler.«

Für die Jahreszeit zu warm. Um sich mit eigens für den Weihnachtsmarkt aufgestellten Schneekanonen einen Winter zu basteln und um am heiligen Morgen verfrorene Hände an Glühwein und Maroni zu wärmen, in einem Pulk von sich anrempelnden Menschen, einer Wolke aus unterschiedlichstem Gedudel, bei dem aus jeder Bude ein anderes Kling-Glöckchen klingel-lingel-lingt.

Belle möchte ihren Heiligen Abend wie immer ganz traditionell um zehn Uhr morgens mit einer Bratwurst beginnen, doch sie kommt zwischen holzgeschnitzten Engeln aus dem Erzgebirge, Rauchmännlein aus dem Bayerischen Wald, indianischem Schmuck und Südtiroler Speck aus Holland nicht so recht vorwärts. Sie stellt sich auf die Zehenspitzen und macht Pia ein Zeichen: Die rechte ausgestreckte Hand waagerecht auf die erhobenen Fingerspitzen der linken. Was so viel heißt wie »Time Out«. So viel wie »Lass uns lieber etwas trinken, im Scala«.

Der allseits beliebte Tisch mit den Barhockern in der Ecke am Eingang ist frei, sodass man gemütlich durch die meterhohe Glasfront armen Ludern, die bis jetzt noch kein Präsent gefunden und immer noch nicht die leiseste Idee haben, dabei zusehen kann, wie sie mit verzweifeltem Gesicht durch die Einkaufsstraße hetzen.

Später kommen die, die mit einem Blick ihre Einkaufsliste überfliegen, zum Bäcker, zum Metzger, zur Nordsee, hinunter in die Lebensmittelkatakomben vom Kaufhof und über den Markt jagen. Mittags gleicht das Bild hinter dem Fenster einer Stampede wild gewordener Zweibeiner mit Plastiktüten, während Pia und Belle bei klassischer Musik in einer anderen Welt sitzen und Belle mit schläfrigem Augenaufschlag dem Kellner signalisiert: »Noch zwei Latte Macchiato, bitte.«

Immer fängt Belle an zu flirten. Und ist erst zufrieden, wenn dem Kellner das Besteck aus der Hand fällt und er anderen Gästen das Falsche bringt. Ihr ist völlig egal, wie der Kellner aussieht, dick, dünn, alt, jung, immer hat sie dieses »Would you, ähm … would you go to bed with me?« im Blick. Spätestens dann fällt dem Kellner das Besteck aus der Han, dabei will Belle nur wissen, ob es klappt.

Belle hatte es mit dem Verlieben nie so genau genommen. Sie nahm, was kam. Und es kamen viele. Sie lebt nach dem Motto »It's rainin' men, halleluja!« und hat auf ihren Streifzügen beim Fischen und Jagen mal mehr, mal weniger Erfolg. Belle wechselt die Typen fast ebenso oft wie ihre Haarfarbe, doch die einen sind verheiratet, was sie nicht weiter stört, die anderen muss sie wieder laufen lassen, weil sie bei näherer oder längerer Betrachtung nicht gefallen.

Belle weiß, sie wird viele Frösche küssen müssen, um den

einen, den berühmten Froschkönig, zu finden. Und sie küsst einen nach dem anderen. Frösche, die partout keine Prinzen werden wollen, oder ganz passable Typen, die sich nach einer Nacht auf Boss-Socken davonmachen, noch ehe der Morgen oder die nächste Nacht graut.

Momentan trägt sie die Haare lang und rot, an den Ohren kleine goldene Weihnachtskugeln, und diesen Edel-Post-Punk-Schlampen-Look: unverzichtbare Netzstrümpfe unter einem kurzen, schwarzen Rock in Motorradstiefeln, und eine Lederjacke mit Fell an Ärmeln und Kragen, um, wie sie sagt, ihre zweireihige, nadelgestreifte Banker-Kluft zu kompensieren. Immer, wenn Belle diese Jacke trägt, beeilt sie sich zu versichern: »Ist nicht echt.« Ohne dass man etwas gesagt hätte.

Die Gesichter, die zuvor die Bühne von rechts nach links betreten haben, kommen nun von links nach rechts, mittlerweile schwer bepackt, je später die Stunde, desto gleicher die Tüten: kleine blaue aus Papier von Douglas, riesige mit noch riesigeren Kalendern, Lauch in Rucksäcken. Auf der Straße fährt ein rotes Cabrio mit drei Weihnachtsmännern vorbei, drei Farbige in roten Kostümen, ein lautes Hip-Hop-Staccato weht hinter ihnen her, die ultimative Aufforderung, heute Abend ab zweiundzwanzig Uhr ins Starlight zur XXL-Xmas-Party zu kommen.

Aus einer Parkbucht fährt ein Auto heraus. Ein Mercedes und ein BMW streiten sich laut hupend um den Platz. Der Mercedes hat den Rückwärtsgang eingelegt und will einparken, der BMW kommt von hinten und steht schon halb drin. Der Mercedes lässt nicht locker, der BMW gibt auf und rast davon. Der Mercedes passt nicht hinein. Der Typ will es nicht glauben und hängt sich aus dem Seitenfenster. Sieht nach hinten, als ob der Parkplatz dadurch größer oder sein Auto kleiner würde.

Auf der Beifahrerseite steigt eine kleine blonde Frau aus.

Auf roten Stiefelchen trippelt sie hinter den Wagen und dirigiert ihn mit apartem Winken hinein, bis es kracht. Die Frau schlägt erschrocken die Hände vors Gesicht. Sie trippelt um den Wagen herum, gibt dem Mann durch das Seitenfenster einen Kuss und steigt auf der anderen Seite wieder ein. Der Parkplatz ist und bleibt zu klein. Pia sieht den Wagen davonfahren.

Sie hört weder die klassische Musik noch Belle oder das angenehm geschäftige Klappern im Café, sie hat nur noch Augen für dieses silberne Auto. Auch Belle sieht dem Wagen lange hinterher, obwohl er längst verschwunden ist. Nach einer Weile sagt sie:

»Na, dann, fröhliche Weihnachten.« Fröhliche Weihnachten. Bernhard hasst Beulen an seinem Mercedes.

Pia versucht Elisa auf dem Handy zu erreichen und landet in der Mailbox. Sie landet immer in ihrer Mailbox. Elisa selbst ruft vom Handy aus auch niemanden an, es ist ihr zu teuer. Ständig klingeln neue Melodien, und sie simst von morgens bis abends und schickt ihre Einhundertsechzig-Zeichen-Grüße durch die Welt. Inzwischen beherrscht sie es so gut, dass sie sogar blind aus ihrer Jackentasche Nachrichten schicken kann und sich nur einmal vertippt. Am Nachmittag ruft sie endlich zurück.

Und lacht laut auf.

»Du spinnst.«

Im Moosweg hängt Ruth ihre Weihnachtskarten in einer langen Girlande an den Türstock der Wohnzimmertür. *Leise rieselt der Schnee. Zeit anzuhalten. Innehalten, Kraft tanken für ein neues Jahr.* Morgen kommt der Weihnachtsmann, freue dich, Christkind kommt bald.

In dulci jubilo

Der Nachmittag gehört Ruth und ihren zwei Weihnachtsbäumen. Einen hat sie mit festlichen Lichtern im Garten behängt und einen mit roten und goldenen Kugeln geschmückt im Wohnzimmer stehen. Kaum hat sie ihr Werk vollendet, kommt Lydie, frisch vom Friseur (bitte nur »waschen und legen«) in ihrem zeitlos eleganten Gabardinekostüm, das sie »weiland« mit Jakob (Gott hab ihn selig) in Paris bei Rodier gekauft hat. Sie hat ihre nostalgischen Strohsterne dabei und hängt sie zwischen die Zweige. Gern würde Lydie den Baum auch mit Lametta schmücken, das sie in jedem Jahr sorgfältigst aufbügelt, aber Ruth hat es verboten, nach dem Motto »Solange du Weihnachten unter meinem Baum feierst, bleibt der Baum, wie ich ihn will«. Dafür hat Ruth diesmal zwei Festtagsmenüs zur Auswahl. Bisher mochte Lydie lieber Fisch, wenn es Fleisch gab, und Fleisch, wenn es Fisch gab, heute gibt es beides und alle sind gespannt, was Lydie diesmal einfallen wird.

In einem unbeobachteten Moment versucht Pia ihre Schwester zur Seite zu ziehen, um kurz über die merkwürdige Erscheinung vom Vormittag zu flüstern. Bernhard sitzt in seinem Sessel und schaut kurz auf, als er die beiden wispern hört. Und vertieft sich wieder in einen Bericht über das Fahrverhalten des Audi RS4 mit sagenhaften 380 PS in der Festtagsausgabe von »auto, motor und sport«. Im Doppeltest treten außerdem gegeneinander an: die Kombis Audi A4 und der Mercedes C-Klasse. Auf der Rückseite freut sich Weihnachts-Bunny Verona Feldbusch über ein neues, UMTS-fähiges Handy.

Ruth rennt derweil in der Küche hin und her und Lydie hilft ihr dabei, wobei es Ruth lieber sehen würde, wenn sie sich schon mal zu den anderen ins Wohnzimmer gesellen würde, anstatt mit ihren sorgfältig ondulierten Haaren unbeholfen im Weg zu stehen, während Ruth die auf dem Blech brutzelnde Gans quer durch die Küche zum Tisch bugsiert. Auch hat Ruth es nicht gern, wenn Lydie sagt:

»Du kannst doch beim Spülen nicht den Familienschmuck tragen, Ruth.«

»Ich trage ihn nicht zum Spülen. Ich trage ihn, weil Weihnachten ist. Und auch zu Weihnachten muss man zwischendurch mal spülen.«

Ruth würde sich lieber die Zunge abbeißen, als auch nur ein böses Wort an ihre Lieben zu richten, aber sie weiß, dass sie manchmal unhöflich werden *muss*, weil ihr Lydie ansonsten auf der Nase herumtanzt.

Die Wanduhr im Flur schlägt sechs, Bernhard sieht auf seine Armbanduhr. Er reibt sich die Augen und legt das Autoheft zur Seite. Mit gelangweiltem Seufzen steht er auf, schlendert zum Lichtschalter und dimmt die Beleuchtung herunter. Er schiebt die Weihnachtsmusik in den CD-Player, die er heute Nachmittag geschlagene drei Stunden suchen musste, bevor Ruth ihn bat, ob er sich nicht langsam mal etwas »Netteres« anziehen könnte. Um Punkt sechs, so lautet der zweite Auftrag, soll er die Kerzen an dem Baum anzünden.

»Hat einer mal ein Feuerzeug?« Er sieht Pia an. Pia zu Elisa. Elisa auf die Schrankwand. Bernhard kramt in einer Schublade, findet eins und probiert, ob es funktioniert. Es funktioniert, wie alle Dinge in Ruths Haushalt funktionieren. Bedächtig geht er mit der Flamme von Kerze zu Kerze. Das Feuerzeugschräubchen unter seinem Daumen wird heißer und heißer, bis er entnervt fragt:

»Wo sind denn die Streichhölzer?« Mit wehleidiger Miene

inspiziert er die winzig rote Macke an seinem Daumen. Elisa steht auf und nimmt ihm das Feuerzeug aus der Hand.

Sie nimmt die Kaminhölzer, die Ruth unter dem Baum bereitgelegt hat, zündet eins an und geht damit reihum. Bernhard dreht das Licht noch ein bisschen herunter, nach einer Weile wieder herauf. Pia legt die Geschenke zu den anderen bunten Päckchen unter den Baum.

Ruth steht mit rotem Kopf vor der gedeckten Tafel und bittet »zu Tisch«. Sie dimmt das Licht ein bisschen herunter und wartet, bis alle anderen Platz genommen haben.

Beim Essen versucht Pia in seinem Gesicht zu lesen, Elisa schüttelt unmerklich den Kopf. Dann versucht sie in Ruths Miene irgendwelche Zeichen einer Krise zu entdecken, aber Ruth strahlt lieb und unbekümmert, wie immer. Sie bittet Bernhard, den Wein zu entkorken, »für uns bitte den roten« und für Lydie den »lieblichen Mosel« mit nicht so viel Säure. Die Gans liegt in knusprigen Teilen auf schweren Platten und ist diesmal besonders gut gelungen. Zufrieden greift Ruth nach ihrer Serviette. »Bitte bedient euch.« Weihnachtlich lächelnd fordert sie Pia auf zu servieren.

»Mir ist Gans zu fett.«

Mit schmerzverzerrtem Gesicht legt Lydie beide Hände auf die Stelle, unter der sie ihren Magen vermutet.

»Für dich habe ich Fisch.«

Ruth wirft ihre Serviette auf den Tisch, schiebt ihren Stuhl zurück und holt eine appetitliche Platte mit pochierten Lachshäppchen an feinem Gemüse aus der Küche. Lydie schabt mit dem Messer fein säuberlich die Petersilie herunter, weil sie »im Hals kratzt«. Dann blickt sie von ihrem Teller auf.

»Wir haben Gans immer am Ersten gegessen.«

»Wir auch, aber da die Kinder nur am Heiligen Abend kommen, gibt es die Gans jetzt. Guten Appetit!«

Bernhard sieht die Kinder an, als seien sie schuld, dass Lydie herumnörgelt und alle jetzt die Gans essen müssen. Pia erwidert seinen Blick und sagt in beiläufigem Ton: »Ich hab dich heute Morgen gesehen.«

Ruth lässt das Besteck fallen.

»Ach, Gott, die Preiselbeeren! Ich habe die Preiselbeeren vergessen!« Sie rennt in die Küche und kommt mit den Preiselbeeren zurück. »Ohne Preiselbeeren schmeckt es nicht.«

Sie säbelt an ihrer Gänsekeule und sieht Pia dann an.

»Wo hast du ihn gesehen?«

Ihre Frage ist so freundlich, dass sie keine Ahnung haben kann.

»In der Stadt.«

»Ja-ha-ha.« Sie lacht ihr liebenswürdiges, mädchenhaftes Ruth-Lachen. »Er musste doch noch die Gans holen.«

Pia sieht zu Bernhard. »Und einen Parkplatz suchen.«

Er lässt sich nichts anmerken. Mit unbeteiligter Miene häuft er noch ein bisschen Rotkohl auf seinen Teller. Er ist ziemlich sicher, dass Pia ihn vielleicht gesehen, nicht aber mit der Gans gesehen hat.

»Und dann hat er endlich einen gefunden und sich beim Einparken die hintere Stoßstange ramponiert.«

Bernhards Pokerface sieht von seinem Teller auf. Seine Augen fixieren Pia. Verengen sich zu schmalen Schlitzen, als müsse er noch einmal ernsthaft darüber nachdenken, ob Pia tatsächlich seine Tochter ist. Ruth stößt einen spitzen Schrei aus.

»Was? Das hast du mir ja noch gar nicht erzählt! Ist es schlimm?«

Vielleicht. Vielleicht auch nicht. Bernhard zuckt mit den Achseln. Hört auf zu kauen und verzieht angewidert sein Gesicht. Mit spitzen Fingern zieht er etwas zwischen seinen Zähnen hervor, betrachtet es einen Moment und legt es auf Ruths Teller. Sie kneift die Augen zusammen und lacht. Ach Gott. Die Nelken. Sie hat die Nelken vergessen. Und immer ist er es, der die Nelke erwischt.

Dann richtet sie einen freundlich-unbestimmten Blick in die Runde. »Schmeckt es euch denn?«

Elisa sagt: »Ausgezeichnet.«

Ruth nickt zufrieden. »Ja, das ist die Hauptsache.« Und plappert in munterem Scherzo vor sich hin. Was sich in der Nachbarschaft so tut und bei Wiedemanns von nebenan und dass Dennis, der popperhafte Sohn von Wiedemanns, offenbar schon wieder eine neue Freundin hat. »Ein Filou ist das, findet ihr nicht?«

Nach dem Essen steht Bernhard als Erster auf und dimmt das Licht wieder ein bisschen herauf. Im Vorbeigehen drückt er auf die Repeat-Taste vom CD-Player. Track 1. Die Regensburger Domspatzen fangen von vorne an. Eine Weihnachts-CD muss reichen. Das Fest ist ja nur einmal im Jahr, immer dasselbe, alle Jahre wieder: Stille Nacht, Heilige Nacht, »macht hoch das Tor, die Tür geht auf«, und so weiter und so fort. Dann gibt es die Geschenke. Für Ruth eine Etagere aus der Serie »Petites Fleurs«, passend zu ihrem Kaffeeservice, in der Hoffnung, dass sie die Geierkralle ausrangiert und ihr einen Ehrenplatz in der hintersten Ecke der Vitrine gibt. Ruth freut sich, weil es genau zu ihren Tassen passt.

Für Lydie ein Seidentuch. Nicht besonders originell. Natürlich hat sie schon etliche Seidentücher, aber nicht in allen Farben, und sie kann sich allein schon an dem edlen, eingestickten Etikett erfreuen, sofern es von der richtigen Firma aus Switzerland stammt.

Für ihre Schwester hat Pia ein Fläschchen Kreislauftropfen und eine Karte für Ricky Martin. Elisa dachte, das Konzert sei seit Wochen ausverkauft und ist schon jetzt ganz aus dem Häuschen.

Für Pia hat Elisa eine fiese alte Schachtel von McDonald's. Pia klappt sie auf und drin ist … außer einem welken Salatschnipsel … nichts. Sie sieht Elisa fragend an. Elisa schaut erwartungsvoll zurück. *Na, sag schon! Lustig, ne?* Dann nimmt sie die Schachtel und guckt entsetzt hinein.

»Meine Güte. Ich habe den Gutschein vergessen. Da gehört doch noch ein Gutschein hinein. Ein Gutschein für ein feines, vegetarisches Restaurant.« Und dann: »Also, den Gutschein kannst du dir ja jetzt denken.«

Lydie und Ruth packen ihre Bücher aus und tun ganz überrascht. Sie umarmen sich mit Luftküsschen, wobei sie peinlich darauf achten, dass ihre Frisuren nicht durcheinander geraten. Sie müssen sich hoch und heilig versprechen, die Bücher einmal auszuleihen, obwohl Ruth nicht so genau weiß, was sie mit »Harry Potter und dem Stein der Weisen« beziehungsweise dem »Gefangenen von Askaban« anfangen soll.

»Ist das nicht ein Kinderbuch?«

»Ja. Weiß ich ja auch nicht.«

Lydie sieht zu Pia hinüber. Dabei hat sie dieses verklärte Blinzeln in den Augen, mit dem sie vor etlichen Jahren feststellte, dass Pia zwar nicht die langen Beine, aber das »gebärfreudige« Becken geerbt habe und Pia damals weder wusste, wofür das eine, noch das andere gut sein sollte. Ebenso wenig wie Lydies Tipp, Nagellack in höchstens drei Strichen aufzutragen, einen Schuss Kaffee in die Soße der Sonntagsrouladen zu tun, das Silberbesteck mit Zahnpasta zu putzen oder Kleidungsstücke mit dem Satz »Nicht meine Farbe« abzulehnen.

Ruth und Lydie drehen ihre Harry-Potter-Bücher hin und her und um, Lydie legt den Gefangenen von Askaban zur Seite und fordert Ruth mit schelmischem Zwinkern auf, doch auch einmal das andere kleine Päckchen aufzumachen.

Entgegen der üblichen Tradition hat Lydie dem Bestseller Nummer 1 noch ein kleines Taschenbuch beigelegt, das Ruth ebenso verwundert in den Händen dreht wie den Stein der Weisen. Sie bedankt sich mit unsicherem Lächeln und will es unter dem anderen Buch auf dem Couchtisch verstecken. Elisa reckt den Hals und sagt: »Zeig doch mal.« Ruth reicht ihr das Buch ohne ein Wort und Elisa betrachtet das Cover: »Wenn Ehen älter werden«?

Ruth räuspert sich. »Sag mal, was hat es denn mit dieser fiesen Big-Mäc-Schachtel auf sich?«

Mit einem Seitenblick auf Pia sagt Elisa: »Damit du mal wieder etwas Vernünftiges isst.« Pia macht »Cheese« und Elisa sagt: »Da gehört nämlich noch ein Gutschein dazu, für ein feines, vegetarisches Restaurant.« Und Ruth sagt: »Och, das ist ja nett.«

Bernhard sieht wenig Sinn darin, seine Geschenke in kindisch ungezügelter Vorfreude aufzureißen und das Papier in die Ecke zu knüllen. Bedächtig löst er Tesastreifen um Tesastreifen, sorgfältig streicht er das Papier glatt. Er legt »Die deutsche Rechtschreibung« und »Die Geschichte eines Deutschen« zu den anderen Büchern auf den Couchtisch und widmet sich Pias Päckchen. Neugierig hält er es in die Höhe, wie einer unserer Vorfahren, der mitten im Urwald eine Coladose findet: eine Art Sportuhr mit integriertem Pulsmesser.

Bernhard blättert in der fünfzehnsprachigen Gebrauchsanleitung. Mit zunehmend gereizter Miene sucht er die deutschen Seiten, die doch irgendwo versteckt sein müssen, und reißt sie heraus. Mit gerunzelter Stirn betrachtet er allerlei unverständliche Bilder mit unverständlichen Pfeilen und unverständlichen Anmerkungen. Mit viel Phantasie kann man in der Zeichnung die Uhr wieder erkennen, viele Knöpfe, viele Pfeile, einer weist auf einen blauen Knopf. »Bitte Knopf blau maken.« Bernhard schüttelt den Kopf und wirft die Uhr über den Couchtisch in Pias Schoß.

»Kannst du mir das vielleicht mal erklären?«

Keine Ahnung, was das taiwanesische Übersetzungsprogramm da angerichtet hat.

»Den Knopf blau machen? Den blauen Knopf drücken?«

Schon jetzt ist klar, dass das ein ganz doofes Geschenk ist.

»Du kannst es gleich wieder mitnehmen, wenn du es nicht erklären kannst.«

Elisa versucht zu helfen und lacht.

»Du musst auch Knopf rot und gelb maken.«

Die nächste Stunde vergeht mit allerlei Experimenten und »Maken« sämtlicher Knöpfe in allen nur erdenklichen Kombinationen. Dabei gibt die Uhr widerlich piepsende Geräusche von sich. Bernhard hat sich zwischenzeitlich wieder dem Fahrgestell des Audi zugewandt und blickt kurz auf.

»Ich weiß sowieso nicht, warum ich meinen Puls messen soll.«

Ruth sagt: »Es ist gefährlich, in deinem Alter plötzlich zu joggen. Herrn Schmitz hat man neulich mit Herzinfarkt in den Rheinwiesen gefunden.«

»Und?«

Ruth zuckt mit den Schultern. Bernhard schluckt und streicht sich verunsichert durch die Haare. Dann packt er das Päckchen von Elisa aus.

»Was soll ich denn mit Gummibärchen?«

Einer »Haribo-Vitamin+Mineral-Fruchtgummi-forever-fun-in-Zusammenarbeit-mit-Fitnesspapst-Dr.-med.-Ulrich-Strunz-Tüte«.

»Da ist doch noch ein Gutschein dabei!«

Für das Strunzsche Dekret »Forever young. Laufen ist Leben. Leicht, locker, lächelnd, schwebend wie ein Adler.« Weitere Informationen unter www.vitalmind.net. Ruth und Lydie wechseln einen Blick und kichern leise in sich hinein, Bernhard kann nur verständnislos mit dem Kopf wackeln.

»Würd euch auch mal gut tun, etwas Sauerstoff ans Hirn zu lassen.«

Er sieht auf den Baum und stellt zufrieden fest, dass die Kerzen fast heruntergebrannt sind: Ein untrügliches Zeichen, dass der Heilige Abend beendet ist. Er legt die Hände auf die Armlehne seines Sessels und will aufstehen, um mal wieder »richtig Licht« zu machen.

»Och, lass uns doch noch ein Gläschen trinken.«

Ruth schenkt nach und schmückt den Baum mit neuen Kerzen, Bernhard sieht ihr aus seinem Sessel heraus zu. Bei jeder zweiten sagt er:

»Die ist schief. Siehst du denn nicht, dass die schief ist.«

Eine Weile sitzen sie pflichtschuldig lächelnd herum, bis sich auch hier die »Was-machen-Sie-beruflich«-Frage in leicht abgewandelter Form anbietet.

»Und? Wie läuft's bei euch beruflich?«

Bernhards Frage ist an Elisa gerichtet. Elisas Abstieg ins Call-Center hatte ihm von Anfang an nicht gefallen, aber so ist das ja mit der Null-Bock-Generation. Erst hat sie einen Superjob im Reisebüro. Dann macht das Reisebüro zu. Sie, keinen Bock auf gar nichts, vergeudet ihre Talente plötzlich in einem Call-Center. Bernhard nutzt jede Gelegenheit, ihr zu sagen, was er davon hält, und Ruth bemüht sich, ihn von diesem Thema wegzulotsen.

»Aber Bernhard! Doch nicht am Heiligen Abend.«

»Ja, wann denn sonst? Die Herrschaften kommen ja kaum noch vorbei.«

»Und wenn, hüpfst du über den Zaun.«

Pia versucht, seinem schmalen Blick scheinbar freundlich zu begegnen, Elisa beißt in einen Zimtstern und sagt mit vollem Mund: »Beruflich? So lala.«

In Bernhards Mimik kündigt sich die Frage an »So lala. Was soll das heißen?« Ruth springt auf und stellt die Musik etwas lauter, und Elisa sagt: »Ich habe gekündigt, ich habe es nicht mehr ausgehalten.«

Als Auskunftshuhn in der Legebatterie, in drei Schichten von morgens bis abends bis morgens, mit einem Headset an einem ständig blinkenden Telefon. Immer dasselbe, immer freundlich, immer nett. Immer alle gleichzeitig mit immer denselben dummen Fragen, derselben schlechten Laune, die sie endlich an jemandem auslassen können. Ruth schlägt erschrocken die Hände zusammen.

»Aber, Elisa! Irgendwo musst du doch deine Brötchen verdienen.«

»Als Tuppi vom Dienst, für sechs Euro die Stunde?«

Ruth und Lydie sehen sich ratlos an. Für Lydie ist ein Job ohnehin eine »Stelle«, die man irgendwann einmal antritt beziehungsweise »bekommt« und dann ein Leben lang durchzieht. Für die Jobhopperei der »jungen Leute« hat sie wenig bis gar kein Verständnis. Früher war alles besser, da hatte man noch etwas »Anständiges« gelernt und musste mit dem Kopf rechnen. Heute macht jeder, was er will, und Waschmaschinen gibt es auch.

»Wir haben nach dem Krieg gerade mal zweiundneunzig Pfennig in der Stunde bekommen.«

Elisa sucht in den Plätzchen nach einem weiteren Zimtstern und räumt die Vanillekipferl zur Seite.

»Neunzehnhundertsiebenundfünfzig waren es zwei Mark.«

Elisa wühlt weiter in den Plätzchen. »Und was kostete ein Brötchen?«

Lydie schickt einen fragenden Blick zu Bernhard. Mein Gott, was kostete ein Brötchen? Gab's überhaupt Brötchen? Bernhard weiß heute noch nicht, was ein Brötchen kostet.

Eigentlich sollte er sich freuen, dass Elisa den Job, für den er immer nur Verachtung fand, hinschmeißt, doch er sagt in vorwurfsvollem Singsang: »Und? Was gedenkst du dann, bitte sehr, zu tun?«

»Keine Ahnung.«

Entrüstet sieht Bernhard zwischen Ruth und Lydie hin und her. Na, bitte, da habt ihr's. Und dann, gedehnt, mit verdrehten Augen gen Himmel: »Kei-ne Ahnung!«

Er schüttelt den Kopf und greift zu seinem Weinglas. »Ja,

meinst du denn, mir macht alles immer nur Spaß? Erst keinen Bock, aber dann … Fun, fun, fun.« Er sieht zu Ruth und Lydie hinüber und nickt zur Bestätigung. »*So* schaut's bei euch nämlich aus.«

Ruth und Lydie winken mit der Forever-fun-Tüte und kichern wieder so dümmlich vor sich hin und Elisa kramt eine Schachtel Zigaretten aus der Schublade, in der Ruth Salzstangen und andere Kleinigkeiten für überraschenden Besuch vor anderen gierigen Familienmitgliedern versteckt hält, und zündet sich eine an. Bernhard wirft ihr einen weiteren vorwurfsvollen Blick zu.

»Aber rauchen, das könnt ihr.« Kaum hört die eine auf, fängt die andere an. Ruth legt eine Hand beschwichtigend auf Elisas Schulter und zwinkert ihrer Jüngsten aufmunternd zu. Ach, du kennst ihn doch. Er meint es nicht so. Und Elisas Augen funkeln: »Ja, wie denn sonst?«

Auf einmal springt Ruth auf, geht unter dem Baum in die Knie und kratzt an einem Wachsfleck auf dem Teppich herum. Sie rückt eine Kerze gerade und Bernhard sieht mit verschränkten Armen vor sich hin. »Jetzt ist sie genauso schief wie vorher.«

Das Telefon klingelt. Ruth schaut sich verblüfft um. »Wer kann das denn bloß sein?«

So spät, und überhaupt: am Heiligen Abend. Da sitzt die heilige Familie beieinander, und jeder, der nicht dabeisitzen darf, hat nicht anzurufen. Aller-, allerfrühestens am zweiten Feiertag. Daran hält man sich doch, wenn im ganzen Land ein jeder besinnlich beisammen ist.

Pia denkt an die Gans in den roten Stiefelchen und hebt ab. Sie hört ein Durcheinander von vielen Stimmen und ein kleines Kind unverständliches Zeug in den Hörer brabbeln. Dann sagt eine Stimme »Lass das« und legt auf.

Lydie und Ruth sehen sie gespannt an. Pia legt den Hörer zur Seite und sagt in Richtung Bernhard: »Für dich.«

Er nimmt den Hörer und meldet sich in einem aufgesetzt geschäftlichen Ton. »Jacobi.« Als er das Tuten in der Leitung hört, schwant ihm, dass sich von Anfang an ein dummer Zufall verwählt hat.

Ruth fragt: »Was ist?« Er sagt: »Nichts« und sieht Pia böse an. Aus der Schrankwand schmettern die Domspatzen ihren Weihnachtsendspurt.

Im Zimmer wird es still, nur das Prasseln einer tropfenden Kerze ist zu hören. Ruth legt Geschenkpapier darunter.

Lydie kann ein leise aufsteigendes Gähnen nicht ganz unterdrücken und bittet Bernhard, ein Taxi zu bestellen.

Elisa kann Pia mitnehmen.

Elisa glaubt nun doch, dass an Pias Hirngespinsten etwas dran ist, obwohl sie sich das gar nicht vorstellen kann. Der biedere Bernhard, für solche Sperenzchen erstens zu unbegabt, zweitens zu faul und drittens viel zu geizig. Sie hält vor Pias Haus und stellt den Motor ab. Noch eine Weile sitzen sie in der Dunkelheit still da. Bis Elisa im Scheinwerferkegel eines entgegenkommenden Autos die Stille unterbricht.

»War sie hübsch?«

»Sie war jung.«

»Sollen wir es Ruth sagen?«

»Ich weiß nicht.«

»Vielleicht erledigt es sich bald von selbst?«

»Sollen wir überhaupt nichts sagen?«

»Ich weiß es nicht.«

Elisa weiß nie was.

Belle würde es ihr nicht sagen. Dann überlegt sie einen Moment und sagt: »Ich weiß es nicht.«

Eigentlich wäre es Bernhards Aufgabe, es Ruth zu sagen. Eigentlich geht es Elisa und Pia gar nichts an. Eigentlich aber doch.

Vieles wäre viel einfacher, wenn man überhaupt nichts wüsste. Wenn man in der Zeitung nur die guten Nachrichten oder gar nichts lesen würde.

Warum musste er auch da parken? Warum mussten sie ausgerechnet an jenem Morgen an dem Tisch in diesem Café sitzen? Belle meint, es gebe keine Zufälle. Inzwischen glaubt sie sogar an Mysterien wie die »Liebe auf den ersten Blick«.

Fest entschlossen, ihre Energien nicht länger auf der Suche nach dem »Einen«, dem »Richtigen« zu verschwenden, will sie »es« beziehungsweise »ihn« einfach auf sich zukommen lassen. Per »coup de foudre«. Leider hat er bei ihr noch nicht eingeschlagen, aber sie ist sich ganz sicher: Eines Tages, da wird es passieren. Im Supermarkt. Oder in der U-Bahn. Oder an der Kinokasse zum Beispiel.

Belle verbringt ihr Leben in der Bank. Auf ewig langen, langweiligen Meetings zwischen Jahresabschlussbilanzen und Invest-Expertisen. Auf Dienstessen zwischen höflichem Smalltalk-Geplänkel und selbstgefälligen Witzen, wenn der Chef sein »Hö-hö-hö« herauslacht und von seinen Untertanen höflich zustimmendes »Ha-ha« erwartet. Oder in der Kantine zwischen Tagesmenü I und II (vegetarisch).

Sie kultiviert bereits beruflich bedingte Ticks, die ihr selbst schon gar nicht mehr auffallen. Will man sich zum

Beispiel mit ihr zum Kaffee verabreden, sagt sie, sie müsse das erst »ventilieren«, sie »komme dann auf dich zu«. Sie nimmt Pia auf Wiedervorlage und wird sie kontaktieren, sobald sie die zur Disposition stehenden Termine ventiliert hat ... Sie ruft ganz einfach noch mal an. Besten Dank für den Rückruf.

Und am Sonntagabend liegt Belle allein in ihrem Kabuff im Sun-City und bräunt vor sich hin. Die Augen geschlossen, und träumt unbeirrt weiter von dem großen Moment irgendwo, irgendwann.

»Auf keinen Fall darf man es erzwingen wollen.«

Und auf gar keinen Fall ständig daran denken, obwohl sie genau das tut, wenn sie durch den Supermarkt streift oder in der U-Bahn darauf wartet, dass »es« passiert. Dass sich die Blicke kreuzen und vier Augen ineinander versinken, glücklich und zufrieden bis ans Ende aller Tage.

Natürlich soll es an einem Tag passieren, an dem sie toll aussieht und nicht, wenn sie sich nach einer nicht ganz überstandenen Grippe mit fettigen Haaren und einem Pickel auf der Nase in einem alten, schlabbrigen Pulli mal eben zum Edeka an der Ecke schleppt, um möglichst unerkannt eine Tüte Zwieback zu kaufen. Oder an einem der Tage, den sie einen »Bad-Hair-Day« nennt, weil, wie sie sagt, ihre Haare »in Fritten hängen«. Wobei ihre Haare immer gleich aussehen und Laien keinerlei Unterschied zu einem »Good-Hair-Day« erkennen können. Meistens sieht sie gut aus und trägt ihre Sonnenbrille in frisch gewaschenen Haaren, auch wenn die Sonne gar nicht scheint. Bei Regen oder nachts in der Kneipe oder in ihrem Büro in der Bank, zum Beispiel.

Sie glaubt, dass eines Tages »der Richtige« im Supermarkt hinter ihr herschleicht und dieselben Dinge in seinen Einkaufswagen legt. Dass sie an der Kasse sieht, wie sich Broccoli, Champignons, Makkaroni und Emmentaler wie Memory-Karten gleichen, sie ihn mit hoch gezogenen Augenbrauen ansieht und er – zack, auf den ersten Blick – zu singen beginnt: »If I can't have you, I don't want nobody, baby.« Und dann sagt: »Wenn du mir verrätst, was man mit Broccoli machen kann, lade ich dich heute Abend zum Essen ein.«

Pia glaubt nicht an diesen romantischen Quatsch. »Und wenn er noch eine Flasche Rotwein dazulegt, dann passiert es?«

»Na ja. So ungefähr. Man weiß es ja vorher nicht.« Belle lacht. »Was machst'n Silvester?«

Kaum hat man Weihnachten überstanden, droht Silvester. Und jeder, der die Millenniumshysterie noch nicht ganz überwunden hat, meint, er muss unbedingt etwas ganz Besonderes auf die Beine stellen. Auf einmal rufen Leute an, die sich ewig nicht gemeldet haben. Beim Ersten freut man sich und denkt, man werde zu seinem Fest eingeladen. Dann stellt man fest, dass der andere seinerseits hofft, sich auf deinem Fest zu tummeln, dass du deine Wohnung für ausuferndes Saufen und anschließendes Übergeben zur Verfügung stellst. Nach und nach schleichen sich immer mehr Leute ein, die du nicht eingeladen hast, die aber »von 'nem Freund von 'nem Freund von 'nem Freund« gehört haben, bei dir ginge eine »megageile« Party ab.

Belle sagt: »Ich hab zwei Karten für Verdis Maskenball.« Von Leuten, die sie zu Weihnachten geschenkt bekommen, aber überhaupt keine Lust haben und eine Grippe vortäuschen, was ganz praktisch ist, da die Grippe gerade mal wieder grassiert und jeder von dieser Grippe spricht. Wen sie schon erwischt hat und wen noch nicht und dass man sich um Himmels willen nicht anstecken will.

»Ich kann nicht, ich würde die anderen nur stören.« Pia krächzt mit rasselndem Husten in den Hörer und endlich hat Belle ein Einsehen. Sie will Flo fragen, vielleicht hat er Lust. So weit sich Pia erinnern kann, fand Flo Opern immer grauenhaft und ihre Freundin Belle, eine »aufgedrehte Emanzenziege«, eigentlich auch.

»Du kannst ja nachkommen. Wir können uns um Mitternacht auf der Rheinpromenade treffen und zusammen ins neue Jahr rutschen.« Und sich die Raketen um die Ohren schießen lassen. »Danach kannst du dich sofort wieder ins Bett legen. Am schnellsten bist du wohl mit dem Fahrrad.«

Mit dem Fahrrad. Im Winter. Nachts.

»Ach, Belle.«

»Ach, komm doch.«

Dick vermummte, dunkle Gestalten strömen aus U-Bahnen, Kneipen, Restaurants und Verdis Maskenball. Sektflaschen in verfrorenen Händen, Raketen und Knaller in Tüten, auf dem Weg zur Rheinuferpromenade und zu den Brücken. Die Straßen voll von Menschen, kaum ein Auto, ab und an rast ein Taxi mit verspäteten Gästen durch die Stadt.

Pia hofft, in der Menge unter all den dunklen Jacken und Mützen jemanden zu entdecken, der vielleicht Belle oder Flo oder Belles Mütze oder Flos Jacke sein könnte.

Und dann passiert es. Nicht im Supermarkt, nicht in der U-Bahn, es passiert in der Mühlenstraße, um zwanzig vor zwölf, den letzten zwanzig Minuten des Jahres. Sie sieht es kommen und kann es nicht verhindern, wie in dem einen Augenblick, in dem die Tür ins Schloss fällt und man im selben Moment weiß, dass man den Schlüssel vergessen hat. Sie sieht diese banale Bordsteinkante, sieht das Unglück für den Bruchteil einer Sekunde auf sich zukommen und fällt aufs Pflaster. Ein dumpfer Aufprall, Watte im Kopf, ein Bild aus einem Stummfilm vor Augen.

Die Leute mit den Flaschen in den Händen und den Raketen in den Tüten bleiben stehen und schlagen die Hände vors Gesicht. Ihre Arme werden lang und länger, ihre Bewegungen schemenhaft langsam, wie in Zeitlupe, der Ton fällt aus. In stoischer Regelmäßigkeit schalten die Ampeln an der Kreuzung von Rot auf Gelb auf Grün. Wieder auf Rot. Am Ende der Straße blinkt ein orangenes Licht. Lange schwarze Beine in langen schwarzen Mänteln ziehen sich zu einem Kreis zusammen, stehen herum und sehen von oben auf sie herab.

Ein riesengroßes Gesicht taucht vor ihren Augen auf. Ein schönes Gesicht. Ein nettes Gesicht. Es sagt etwas, das sie nicht hört, sie sieht nur, wie es sie ansieht. Sieht Sternchen explodieren, kunterbunte, etwas wie Vanille-Erdbeer, Amaretto. Supernova, schwarzes Loch. Das Gesicht verschwimmt wie ein unter Wellen trudelndes Bild am Meeresgrund.

Als sie wieder zu sich kommt, sieht sie Belle und das nette Gesicht und Flo, wie er etwas zu dem netten Gesicht sagt. Und dann sieht sie das nette Gesicht, wie es sie ansieht und hört, wie es sagt: »Sorry.«

Sie will sagen: »Guten Rutsch.«

Und Flo sagt: »Steh auf, das muss genäht werden.« Er sieht sich auf der Straße um und pfeift auf vier Fingern ein Taxi heran.

Im Taxi ist es gemütlich und warm, im Radio läuft Sades zartbittersüßes »By your side«, der Moderator unterbricht die Musik mit dem Countdown. »Zeee-hn! Neeeu-n! Aaaacht ...« Bei »Dreee-i!« gleitet das Taxi hinter einem Krankenwagen eine Auffahrt hinauf, der Moderator schreit »Happy new year!«, der Taxifahrer hält an der Pforte und dreht sich halb zu ihnen um. »Städtisches Krankenhaus. Fünf fuffzich.«

Überall läuten die Kirchenglocken, Fontänen zischen wie Kometen über den Himmel. Rot-grün-golden glitzernder Sternenregen, es kracht und pfeift an allen Ecken und Enden, im Krankenhaus ist alles dunkel.

Am Empfang sitzt der Portier in seinem Glaskasten im

runden Schein seiner kleinen Bürolampe und schickt Pia einen langen Gang entlang. Sie soll sich in der Unfallaufnahme melden und dort an einer Klingel läuten.

Nach einiger Zeit kommt ein Sanitäter, mustert sie mit einem Blick und sagt: »Ja, was ist uns denn passiert?« Er begleitet sie in ein kleines Zimmer und haut ihre Daten in den Computer. Über einen anderen Bildschirm läuft in regelmäßiger Eintönigkeit das Schriftband »SKD – Wir sind einfach gut.«

Im Nebenzimmer feiern sie Silvester. Ein Arzt schaut kurz herein und fragt: »Wo ist denn die Wundversorgung?« Eine Krankenschwester drückt an Pias Handgelenk herum und sagt: »Bloß geprellt, ein Tape-Verband reicht.«

Einige Zeit später findet sie sich in einem anderen Zimmer auf einer Bahre wieder und bekommt ein grünes Tuch übers Gesicht geworfen. Sie hört, wie jemand mit einem Ratsch einen Vorhang zuzieht, fühlt jemanden an ihrer Stirn herumtupfen, etwas pieksen. Dieser Jemand verspricht, dass das alles wieder wird, gleichzeitig hört sie ihn umständlich in seinem Nähkasten herumnesteln. Mit einem Klirren fällt das Besteck auf den Boden. »Ups.« Leises Kichern. »Keine Panik. Das haben wir gleich.«

Er verspricht, dass es »schön« wird und keine allzu hässliche Narbe bleibt. »Sie hatten Glück, nur eine kleine Platzwunde unter der Augenbraue.« Sie hört, wie eine neue Bahre hereingeschoben wird und jemand sagt: »Der muss in den OP.« Ein anderer: »Okay. Ich mach ihn fertig.«

Immer wieder die Klingel. Immer wieder taumeln Wesen wie aus einem Horrorfilm herein. Ein Arzt in Grün schlurft in gartengrünen Clogs vorbei, den Piepser in der einen, eine Sektflasche in der anderen Hand. Draußen landet ein Rettungshubschrauber. Eine Mumie in goldglänzender Folie wird eilig hereingeschoben, der Sanitäter am PC hebt den Blick: »Wieso kommt'n der zu uns?«

Im Patientenbericht steht: Chirurgische Wundversorgung mit fortlaufendem 5.0 Ethilon. Bei Beschwerdeprogredienz, insbesondere neurologischer Symptomatik, Wiedervorstellung sofort.

»Sie sollten heute Nacht nicht allein bleiben. Das sieht zwar alles schlimmer aus, als es ist, aber es kann ja sein, dass das im Laufe der Nacht noch kommt.« Der Arzt verabschiedet sich eilig und schickt Pia den langen, dunklen Gang zurück.

Flo und Belle warten in der Eingangshalle. Belle bittet den Portier, ein Taxi zu bestellen. Er sieht von seiner »Bild«-Zeitung auf und bricht in schallendes Gelächter aus. Schon vergessen? Es ist Silvester. »Sie werden zu Fuß wahrscheinlich schneller zu Hause sein.« Wahrscheinlich.

Die Uferpromenade von Scherben, Konfetti, abgefackelten Raketen und sonstigem Müll übersät. Voll besetzte Taxis jagen sich durch die Straßen. In einer Parallelstraße heult die Sirene eines Rettungswagens. Alle Ampeln auf Gelb. Die glitzernden Sternchen, in Rauch aufgelöst, ziehen in dicken, grauen Wolken über die Stadt. Ein Betrunkener wankt ihnen entgegen und schießt Flo eine zerborstene Flasche an die Füße. Flo schreit ihn an. »Ey, was soll das?« Er dreht sich um und schreit zurück. »Scheiß drauf, ja? Scheiß einfach drauf!« Er wankt weiter und schießt die Scherben an eine Hauswand. Dreht sich noch einmal um und ruft ihnen hinterher: »Scheißweiber!«

Plötzlich fallen Flo seine Knaller ein. Leider ist er noch nicht dazu gekommen, seine »flotten Bienen« knallen zu lassen, obwohl er sie schon zu gern in den Maskenball geworfen hätte. Er hält sein Feuerzeug unter die Zündschnur und wirft einen in die Luft. Ein Funken sprühender Kreisel pest mit lauten Furzgeräuschen über die menschenleere Straße, Flo sieht fasziniert hinterher und hält Pia mit beiden Händen seine Plastiktüte hin. »Möchtest du einen?«

Sie lassen flotte Bienen in die Luft gehen, bis sie zu Hause sind.

Belle würde bei Pia übernachten, um die »neurologische Symptomatik« zu überwachen, aber Flo sagt: »Kein Problem. Ich mach das schon.« Er grinst, aber Pia sieht ihn nicht. Sie sieht das nette Gesicht. Wie es sie ansieht. Und wieder verschwindet. Und wieder ansieht.

Akte X

Am nächsten Morgen schaut Flo zu, wie Pia mit einer Hand Kaffee kocht und den Frühstückstisch deckt. Er schmiert Margarine und Honig auf sein Brötchen und schiebt den Becher über den Tisch. »Die Lätta ist alle.«

Dann verschwindet er, ein fröhliches Liedchen pfeifend, in seiner Werbeagentur, weil er am Feiertag endlich einmal die Ruhe hat, die man für spontan-kreative Geistesblitze braucht. An fröhlichen Liedchen hat er »Hey, Pippi Langstrumpf« und »Freude schöner Götterfunken« im Repertoire.

An das nette Gesicht kann sich Belle leider nicht erinnern. Es ist alles viel zu schnell gegangen. »Es hat gekracht. Dann standen die Gaffer im Pulk herum, Flo hat dein Rad erkannt und ist heldenhaft herbeigeeilt.« Was sonst gar nicht seine Art ist.

»Und das nette Gesicht?«

»Ist abgehauen.«

»Weißt du denn, wie es heißt?«

»Nö, aber es wollte dich ins Krankenhaus bringen.«

»Und warum hat es ›sorry‹ gesagt?«

»Ich glaube, er dachte, Flo sei dein Freund.«

Jahrelang hätte man ihn brauchen können. Jahrelang könnte man tot unter dem Frühstückstisch liegen, Flo hätte es erst gemerkt, nachdem er den letzten Krümel Lätta aus dem Becher gekratzt und ihr hätte mitteilen wollen »Die Lätta ist alle«. Genau in dem *einen* Moment, in dem man ihn *nicht* braucht, kommt der Trottel angerannt und muss alles vermasseln. Sie hätte mit dem netten Gesicht in dem warmen Taxi sitzen und Sade hören können, er hätte das Frühstück gemacht und an der Tanke Blumen und Lätta geholt, und sie hätte gewusst, wie das nette Gesicht heißt. Jetzt ist sie noch nicht einmal sicher, ob sie es überhaupt wiedererkennen würde, wenn es auf einmal im Supermarkt neben ihr steht und die Makkaroni und den Emmentaler auf das Band legt.

»Ich kann mich überhaupt nicht erinnern, wie es aussieht.«

Belle auch nicht. »Du hast nicht so gut ausgesehen. Du hattest einen Kopf wie ein Vollmond und überall Blut.«

Wenigstens hatte sie frisch gewaschene Haare und keinen Pickel auf der Nase.

»Der Taxifahrer wollte dich erst gar nicht einsteigen lassen, aus Angst um seine Polster. Es sah ja so eklig aus.«

Und trotzdem kommt ein nettes Gesicht, das sich um einen kümmert und nicht bloß herumsteht und glotzt. Bei minus acht Grad in den Arm nimmt, mit einem Tempo das Blut aus dem Auge wischt und mit einem wärmenden Lächeln etwas sagt, das sie nicht hört. Etwas, das sich so anfühlt, als ob alles nicht schlimm ist und alles wieder gut wird.

»Er hatte eine helle Jacke oder einen beigen Mantel an.«

Belle lacht. »Die wird die Aktion nicht unbeschadet überstanden haben. Und woran kannst du dich noch erinnern?«

An etwas wie Vanille-Erdbeer, Amaretto. An ein nettes Gesicht. Nicht viel mehr als die Erinnerung an ein nettes Gesicht – eigentlich bloß die Erinnerung an ein Lächeln.

Belle stellt das Küchenradio an. Sade singt »By your side«. Und Belle sagt: »Mein Gott, wie kitschig.« Pia dreht das Radio etwas lauter. Kitschig hoch zehn. Na und?

Pia schenkt Kaffee nach, stellt sich mit ihrem Becher ans Fenster und sieht hinaus. Unten läuft der Spinner mit den Strumpfhosen und den Badelatschen über die Straße. Seine abendliche Runde einmal um den Block, mit einem Afghanen an der Leine. Im Sommer sieht man ihn sonntags an der Bushaltestelle sitzen, mit einer Dose Bier, ohne den Hund. Den Hund hat er immer montags und mittwochs. Pia dreht sich zu Belle um.

»Vielleicht weiß Flo, wie er heißt?«

»Kann ich mir nicht vorstellen. Er hatte schon vor dem Maskenball zu viel getrunken.«

Er war so beschwipst, dass Belle ihn nur mit Mühe davon abhalten konnte, einen seiner Knaller auf die Bühne zu werfen. Belle findet ihn »süß«.

Man müsste an jeder Kreuzung, jeder Ampel einen Zettel aufhängen. *Wanted. Liebe auf den ersten Blick, in liebevolle Hände abzugeben.* Oder bei der Polizei vermisst melden. *Finderlohn tausend Euro, Kurzbeschreibung: Bernsteinaugen in einem netten Gesicht.* Weitere Kennzeichen? *Eine helle Jacke, vielleicht ein Mantel.* Und sonst? Keine Ahnung. Belle schlägt vor, eine dieser seltsamen Annoncen in der Zeitung zu schalten. »Entlaufen« oder »Verloren« oder »Verschiedenes«.

Netter Typ entlaufen, mit allen anzeigeüblichen Vorzügen, ohne Halsband, irrt vermutlich in der Mühlenstraße und Umgebung hilflos umher. Ehrlicher Finder bitte bei Pia Jacobi melden.

Oder: *Herz verloren, in der Silvesternacht, 23:45 Uhr, Mühlenstraße, Ecke Buchladen. Geschenk, hoher symbolischer Wert. Belohnung!*

Oder: *Ihr Lächeln hat mich verzaubert. Muss Sie unbedingt wieder sehen.*

Oder: *31.12. Hals über Kopf. Du gehst mir nicht aus dem Sinn. Leider war ich in Begleitung und konnte nicht so, wie ich wollte. Ich musste weiter und konnte Dich nicht mehr zu einem Kaffee einladen. Können wir es nachholen?*

Belle meint, irgendetwas in der Art. Doch dann sagt sie:

»Aber das liest ja sowieso keiner.« Und: »Du mit deinem netten Gesicht.«

Flo tut so, als wüsste er üüü-ber-haupt nicht, wen sie meint.

»War da 'n Typ? Keine Ahnung.«

»Du hast mit ihm gesprochen.«

»Ach so. Kann sein.«

»Ja, und?«

»Ja, weiß ich auch nicht mehr.«

Einer der zwei Sätze, mit denen er prima durchs Leben kommt: »Weiß ich nicht« und »Hab ich vergessen«.

»Ich weiß es *wirklich* nicht! War alles 'n bisschen viel auf einmal. Dieser Maskenball, und das ganze Blut, diese Unfallzombies im Krankenhaus.«

»Hast du dich wenigstens bei ihm bedankt?« Wenn du dich schon als Freund aufspielst, nachdem die Drecksarbeit gemacht ist.

»Yep.«

Was »ja« oder »nein« heißen kann. Oder »vielleicht«. Oder auch: »Ich weiß nicht.« Dann fragt er in pseudo-besorgtem Ton, ob denn in Pias Kopf noch alles in Ordnung ist.

Bisher hatte Pia noch nicht den Mut, in den Spiegel zu schauen. Als sie Belle fragt: »Wie sehe ich aus?«, sagt sie: »Wie Klitschko.« Und dann: »Beziehungsweise das verbeulte Häufchen, das er übrig gelassen hat.«

Elisa sagt bloß: »Wie siehst du denn aus?«

Flo: »Wie kann man so bescheuert sein, zu Silvester mit dem Rad zu fahren?«

Und im Beipackzettel des Medikaments, das der Arzt gegen die Schwellung im Gesicht verschrieben hat, heißt es zu möglichen Nebenwirkungen: »In seltenen Fällen kann es zu einer Schwellung im Gesicht kommen.«

In der Mittagspause will Pia im Kundenzentrum der »Rheinischen Zeitung« endlich eine dieser Annoncen aufgeben, die sowieso niemand liest. Die Servicedame kommt gleich. Zumindest verspricht dies das Laufband ihres Bildschirmschoners. »Heute ist nicht alle Tage, ich komme wieder, keine Frage.«

Dann kommt endlich eine kleine hochhackige Dame durch den Raum geflattert und installiert sich hinter ihrem Computer. Perfekt geschminkt, als würde sie nebenberuflich bei der VHS Modell sitzen, fürs »Malen nach Zahlen«. Sie liest sich Pias Text durch und schüttelt den Kopf. »Das mit Ihrer E-Mail-Adresse, das geht nicht.«

Pia sieht auf das Blatt. Pia_Jacobi@yahoo.de. »Was, bitte, geht daran nicht?«

Die Dame sieht ihr aus ihrem blauen Lidschatten heraus fest in die Augen und sagt in einem Ton, der jede weitere Diskussion ausschließt: »Ich kann diesen Strich nicht schreiben.« Sie faltet die Hände und legt sie auf den Tisch. Keine weiteren Fragen. Punktum. Sie kann im 21. Jahrhundert keine E-Mail-Adresse schreiben, weil sie den »Strich« zwischen Pia und Jacobi nicht schreiben kann.

»Der ist auf Ihrer Tastatur unten rechts.« Pia geht um den Tisch herum und beugt sich über ihren PC. »Darf ich mal?« Sie tippt ihren Text in den Computer und setzt ihre E-Mail-Adresse darunter. »Na, also.« Hier ist der Strich und da ist der Text.

Die Dame schaut auf den Bildschirm und legt ihre gefalteten Hände in den Schoß. Es vergehen einige Sekunden, dann sieht sie bekümmert auf.

»Sehn Sie.«

Zwischen »Pi« und »acobi« steht ein Herz.

»Und jetzt?«

»Tja, weiß ich auch nicht.«

Nach einer längeren Debatte ruft sie endlich jemanden an,

den man mal fragen könnte. Der ruft wieder jemanden an, und eine halbe Stunde später stehen zehn Leute um den Computer herum und wissen nicht, was sie tun sollen.

»Das ist irgendeine Codierung. Das ›a‹, der Strich und das ›J‹ ergeben ein Herz.« Dann ruft einer wieder einen an und meldet: »Das ist irgendetwas mit dem underline.«

Die Zeitungsdame versteht gar nichts.

»Under-was?«

»Underscore.«

»Ja, und?«

»Ja, weiß ich auch nicht.«

Er ruft noch einmal denselben an, bis auf einmal einer aus seinem Büro geschossen kommt, zack, zack, mit zwei Griffen das Herz verschwinden lässt und einen perfekten Strich daraus macht. Er läuft zurück, dreht sich an seiner Bürotür noch einmal kurz um und lächelt gütig wie ein Mönch aus Bangalore.

Pias Annonce erscheint in der nächsten Samstagsausgabe unter »Verschiedenes« zwischen »Haushaltsauflösungen« und »Tiermarkt«:

Sonderaktion: Nasenkorrektur und Reiterhosen. Private Schönheitsklinik, bekannt durch Funk und Fernsehen, sucht Patientinnen, bei denen ein Fernsehteam während der Operation dabei sein darf. Eine neue Nase schon für 2000 Euro. Auf Wunsch finanzieren wir Ihre komplette Traumfigur.

Silvester. Herzlichen Dank, dass Sie mich aufgehoben haben! Pia_Jacobi@yahoo.de

Hallo B.
Erwarte dich am Freitag, den 8. Februar in unserem Lokal ab 18 Uhr. In Liebe, Vivian

Sicherlich wird das nette Gesicht seine Zeit nicht mit diesem Blödsinn verplempern. Sicher ist er heilfroh, sie nie wieder zu sehen, nachdem sie ihm ungebeten vor die Füße geknallt ist, seinen Silvesterabend und seine Jacke oder seinen Mantel ruiniert hat. Und wer weiß, was Flo ihm alles an den Kopf geworfen hat, beschwipst, wie er war.

Vielleicht kommt er ja gar nicht aus Düsseldorf. Vielleicht war es ein Silvestertourist, der jetzt wieder wer weiß wo arbeiten muss und die Rheinische Zeitung gar nicht lesen kann. Sollte er tatsächlich aus Düsseldorf kommen, liest er vielleicht sowieso ein ganz anderes Blatt. Und sollte er aus Düsseldorf kommen *und* die Rheinische Zeitung lesen, dann bestimmt nicht die Kleinanzeigen. Alles völlig zwecklos.

Aber immer noch besser, als tatenlos herumzusitzen und bei jeder sich bietenden Gelegenheit nach dem einen, diesem einen, alles und nichts versprechenden Augen-Blick zu fahnden. In Kneipen, im Supermarkt, in der U-Bahn in all den Gesichtern das eine zu suchen, das wie ein verzerrtes Bild aus dem Wunderspiegel auf der Kirmes aus der Erinnerung getrudelt ist.

Sie sieht die stummen Gesichter auf Straßen und Plätzen, in Läden, Bäckereien und Kaufhäusern, sieht sie in entgegengesetzter Richtung auf Rolltreppen herauf- und herunterfahren. Manche beachten sie gar nicht, manche gucken, dumpf und blass, mit angespannten Mundwinkeln und leicht hängenden Schultern, einige erwartungsvoll. Sauer, wenn sie den Blick wieder abwendet, zum Nächsten. Das nette Gesicht ist nicht dabei. Sie weiß zwar nicht mehr, wie es aussieht, aber sie ist sich sicher, wenn es auf einmal vor ihr steht, wird es »pling« machen. Sie wird es wiedererkennen und wissen, dass er es war.

Wahrscheinlich hat er gerade das Abo der Rheinischen Zeitung abbestellt, nachdem er das schnurlose Telefon, ohne Zuzahlung, als Prämie eingestrichen hat. Wahrscheinlich wird er jetzt, genau an diesem Morgen, die »Westdeutsche Zeitung« oder die »Rheinische Post« lesen, weil er mit der Wagenfeld-Leuchte, trotz Zuzahlung, liebäugelt. Oder nur »Sport« und »Fernsehen« und die Kleinanzeigen in seine nassen Joggingschuhe stopfen oder als Unterlage für Renovierungsarbeiten, völlig unbeachtet, mit den Füßen treten.

Während Pia von morgens bis abends Sade hört.

Sie stellt die Kaffeemaschine an und vergisst, die Kanne darunter zu stellen. Sieht nach Post und lässt ihren Schlüssel im Briefkasten stecken, bis eine aufgeregte Nachbarin mit dem Schlüssel in der Hand hinter ihr herrennt. »He! Hallo! Sie haben Ihren Schlüssel am Briefkasten stecken lassen! Wenn da jetzt einer bei Ihnen einbricht!«

Sie vergisst, den Müll in die Tonne zu werfen und trägt die Tüte quer durch die Stadt, bis ihr an kopfschüttelnden Passanten auffällt, dass etwas nicht stimmt. Sie steht morgens als Erstes, noch im Nachthemd, mit der Zahnbürste in der Hand vor ihrem PC, um ihre E-Mails zu checken. Warten, bis der Computer herauffährt, warten auf die Verknüpfung mit Arcor, Internet by Call. Dann auf die Startseite von msn deutschland, Microsoft Internet Explorer. Website gefunden, warten auf Antwort. http://www.msn.de im Aufbau. Lädt den kleinen blauen Balken »in unbekannter Zone«. Fertig. Günstige Handys blinken und zappeln über die Seite. Jetzt bestellen! Jetzt auch zu Tchibo! Livechat mit Dieter Bohlen! Fit in den Frühling, weg mit dem Winterspeck, hinein in den Bikini! Hunderttausend Tote bei Überschwemmung in Vietnam! Naddel Abdel Farrag findet ihren Hintern zu flach! Finden Sie auch? Abstimmen und gewinnen! Sofort anrufen. Blink! Blink! Blink! Waschbrettbauch sofort, Traumfigur für alle!

Endlich: www.yahoo.de wird geöffnet. Wieder warten auf den kleinen blauen Balken. Warten auf Login. Namen eingeben. Passwort? WWW. Weltweites Warten. Pling! »Unser Zufallsgenerator hat Sie für eine kleine Umfrage ausgewählt. Haben Sie jetzt Lust, ein paar Fragen zu beantworten?« Nein, habe ich nicht. »Weiter?« Nein. Fenster schließen. Bitte weiter zum Postfach. Pling!

»Sie haben null neue sowie null ungelesene Nachrichten in Ihrem Postfach.« Vielen Dank für Ihren Besuch bei Yahoo.

Später die Ungeduld im Büro, vielleicht eine Mail, die nichts mit ihrem Shopping-Service zu tun hat?

»Sie haben dreiundzwanzig neue sowie einunddreißig ungelesene Nachrichten in Ihrem Postfach.« Von cobishop.com.

Bestellungen. Beschwerden. Mahnungen, Mahnungen, Mahnungen. Keine einzige von Yahoo. Keine Benachrichtigung an cobishop.com, dass eine Nachricht bei Yahoo eingegangen ist.

Wenigstens eine von Belle.

Date sent: Tue, 15. Jan 07:58
From: Isabelle Stern <isabelle.stern@rheinbank.de>
To: Pia Jacobi <pia_jacobi@cobishop.com>
Subject: Vom Winde verweht?

Schon was von Rhett Butler gehört?
Gruß, Belle

Date sent: Tue, 15. Jan 08:22
From: Pia Jacobi <pia_jacobi@cobishop.com>
To: Isabelle Stern <isabelle.stern@rheinbank.de>
Subject: Vom Winde verweht

Wie eine Sternschnuppe im Weltall verschwunden.
Gruß, Scarlett

Date sent: Tue, 15. Jan 08:45
From: Isabelle Stern <isabelle.stern@rheinbank.de>
To: Pia Jacobi <pia_jacobi@cobishop.com>
Subject: Die liebe Liebe

Man sollte sein Leben in die Reinigung geben können und es sauber, gefaltet und ordentlich gebügelt zurückbekommen.
Gruß, Ally McBeal

Date sent: Tue, 15. Jan 08:53
From: Pia Jacobi <pia_jacobi@cobishop.com>
To: Isabelle Stern <isabelle.stern@rheinbank.de>
Subject: Ally McBeal

Wär das nicht furchtbar langweilig? So aufregend wie ein Leben im Finanzamt oder …
Grüße von der Kfz-Zulassungsstelle

Date sent: Tue, 15. Jan 08:57
From: Isabelle Stern <isabelle.stern@rheinbank.de>
To: Pia Jacobi <pia_jacobi@cobishop.com>
Subject: Langweilig

Muss was tun. Wir kümmern uns um die Details.
Ciao. Belle

Dann, am nächsten Morgen: Pling! Sie haben Post!

Date sent: Wed, 16. Jan 08:00
From: Jürgen Schrader <juergen.schrader@tu-essen.de>
To: Pia Jacobi <pia_jacobi@yahoo.de>
Subject: Eine E-Card von <juergen.schrader@tu-essen.de>

Hey Pia Jacobi, Jürgen Schrader hat einen virtuellen Postboten für dich losgeschickt. Er hat eine an dich adressierte E-Card mit dem Betreff »Hallo« dabei. Bitte hier klicken und den Postsack öffnen. Viel Spaß damit.

Dein E-Card-Team

Jürgen, der Langweiler. Cousin von Tanja, mit Sinn für alle möglichen Gimmicks und jeden technischen Mist. Elektronische Grüße, Kategorie »Einfach so«, Unterkategorie »Hallo«, Unterunterkategorie »Tierisches«. Einen Hund hat er ausgesucht. Eine fette Bulldogge. Sie winkt mit dem Pfötchen, vier hässlichen Krallen und sabbernder Zunge. In einem Kästchen steht »Hallo Empfänger, bitte hier Text für den Empfänger eingeben.« Jürgen, mit Hang zum Pragmatischen, hat auf jeden weiteren Text verzichtet. Der Empfänger weiß, wie er heißt, und dass Jürgen, Kategorie »Einfach so«, bloß »Hallo« sagen will. Der Bully winkt und winkt und hechelt und hechelt, darunter blinkt »Woof!« Man kann den Lautsprecher aufdrehen und ätzende Musik dazu hören. Bitte besonders scheußliche Musik auswählen! Jürgen hat sich für Geklimper von einer Hammondorgel entschieden. Wer auf dieses »Hallo« reagiert, zählt zu den Auserwählten, die in regelmäßigen Abständen immer mehr solche Grüße bekommen. Von »Hallo« über »Guten Morgen« wird sich Jürgen bis zur Kategorie »Ich denk an dich« vorwagen. »Ich denk an dich, Empfänger«. Bitte hier Text für Gedanken eingeben.

Wenn man nicht möchte, dass Jürgen über Gebühr an einen denkt, gibt es nur eines: um Himmels willen nicht reagieren.

Aber es nützt nichts. Jürgen findet seine Karte so witzig, dass er sich gar nicht vorstellen kann, dass ein anderer sie nicht mindestens genauso witzig findet, und wird weiterhin das Postfach zumüllen, mit tierisch lustigen Grüßen und einem kecken Witzchen, das er per Verteiler an all seine Verwandten und Bekannten und Freunde schickt, an jeden, der dummerweise in seinem elektronischen Adressbuch gespeichert ist. Ein Klick – und Pia Jacobi, Hansi Meier, Peter Müller und dreiunddreißig andere können ihren öden Alltag mit einem Witz beginnen, einem von der Sorte »Kommt 'ne Frau zum Arzt ... Sacht der Arzt ...« Oder mit »Gedanken zum Tage«. Von der Sorte »Der frühe Vogel fängt den Wurm«.

Am Sonntag hat Juergen.de genügend Zeit, seine geballte Wochenration vorzubereiten, die er zeitversetzt, immer um acht Uhr, losjagen kann, so dass man schon Angst bekommt, wenn man morgens seinen PC anschaltet und einem der Gag wie der Teufel aus der Scherzkiste entgegenplingt.

Mor-gen! Hier ist Jür-gen! Kuckuck!

Nebenbei kann man über die in der »An-Zeile« halbseitig alphabetisch aufgelisteten Empfänger staunen. Wie viele liebe Leute er außer Pia, Meier, Müller noch so alles kennt. Wow! Jürgen, der E-Mail-Junkie, ein richtiger Nerd.

Vergessen. Nicht reagieren. Bloß nicht reagieren.

Date sent: Thu, 17. Jan 08:03
From: Jürgen Schrader <juergen.schrader@tu-essen.de>
To: Pia Jacobi <pia_jacobi@yahoo.de>
Subject: Woof!

Hallo Pia, hast du schon den Link http://www.amazon.de/exec/obidos/ecard-pickup/45123-62870-9880 angeklickt? Ich habe bisher leider keine Nachricht, dass du meine E-Card schon abgerufen hast.

Woof! Jürgen

Hey, hallo Absender! Keine Nachricht von deinem E-Card-Team, dass »Hallo! Empfänger!« den Postsack geöffnet hat?

Date sent: Fri, 18. Jan 18:20
From: Pia Jacobi <pia_jacobi@yahoo.de>
To: Jürgen Schrader <juergen.schrader@tu-essen.de>
Subject: E-Card

Hallo Jürgen. Deine Mail habe ich erhalten. Die E-Card kann ich leider nicht öffnen, tut mir Leid.
Pia

Hehe. Kleine, wunderbare, herrlich praktische Notlüge.

Date sent: Fri, 18. Jan 20:17
From: Jürgen Schrader <juergen.schrader@tu-essen.de>
To: Pia Jacobi <pia_jacobi@yahoo.de>
Subject: Hallo

Pia, du hast Probleme, die E-Card anzusehen? Dann solltest du deinen Browser upgraden: Netscape Navigator 2.0 oder höher, oder Internet-Explorer 3.0 oder höher. Eigenartig, ich kann mir nicht vorstellen, dass du das nicht schon längst hast. Lebst du hinterm Mond? Wo gibt's denn so was?
Woof! Woof! Jürgen

Date sent: Sat, 19. Jan 09:15
From: Jürgen Schrader <juergen.schrader@tu-essen.de>
To: Pia Jacobi <pia_jacobi@yahoo.de>
Subject: Upgrade

Hallo Pia! Ich kann mir deinen PC gern einmal anschauen. Hast du an diesem Wochenende Zeit?
Woof! Jürgen

Date sent: Sat, 19. Jan 09:18
From: Jürgen Schrader <juergen.schrader@tu-essen.de>
To: Pia Jacobi <pia_jacobi@yahoo.de>
Subject: Upgrade

Danach könnten wir zum Chinesen gehen?

Hehehe. Selbst klitzekleine, wunderbare Notlügen bestraft der liebe Gott sofort.

Date sent: Sun, 20. Jan 22:01
From: Pia Jacobi <pia_jacobi@yahoo.de>
To: Jürgen Schrader <juergen.schrader@tu-essen.de>
Subject: Upgrade

Hallo Jürgen, nicht nötig. Habe meinen PC so weit »upgegradet«. Nur meine Modemverbindung zu Hause ist so lahm, dass ich fast eine halbe Stunde warten muss, bis ich die E-Card abrufen kann … Und im Büro, sorry, dafür fehlt mir die Zeit.
Pia

Und die Geduld. Um auf eine fette, hechelnde Bulldogge zu warten.

Date sent: Sun, 20.Jan 22:47
From: Jürgen Schrader <juergen.schrader@tu-essen.de>
To: Pia Jacobi <pia_jacobi@yahoo.de>
Subject: Eine E-Card von <juergen.schrader@tu-essen.de>

Hey Pia Jacobi, Jürgen Schrader hat einen virtuellen Postboten für dich losgeschickt. Er hat eine an dich adressierte E-Card mit dem Betreff »Schade« dabei. Bitte hier klicken und den Postsack öffnen. Viele Grüße von deinem E-Card-Team

Miau. Jürgen.

Date sent: Sun, 20. Jan 23:02
From: Stefan Sebald <stefan.sebald@web.net>
To: Pia Jacobi <pia_jacobi@yahoo.de>
Subject: Danke, dass Sie mich aufgehoben haben

Liebe Pia, habe ich gerne gemacht und würde ich jederzeit wieder tun.

Ihr Stefan

Camouflage

From Pia to Stefan:

Wenn Sie es sind, der gerade im Weg herumsteht, würde auch ich es immer wieder tun …

Date sent: Mon, 21. Jan 19:12
From: Pia Jacobi <pia_jacobi@yahoo.de>
To: Stefan Sebald <stefan.sebald@web.net>
Subject: Silvester

Hallo Stefan, schön, dass Sie sich melden. Ich wollte Ihnen wenigstens auf diesem Wege danken, dass Sie sich so nett um mich gekümmert haben, leider bin ich in meinem leicht »verwirrten« Zustand wohl nicht mehr dazu gekommen?

Nachträglich alles Gute und viel Glück im neuen Jahr.

Und noch einmal ganz herzlichen Dank!

Pia

Date sent: Wed, 23. Jan 00:07
From: Stefan Sebald <stefan.sebald@web.net>
To: Pia Jacobi <pia_jacobi@yahoo.de>
Subject: Silvester

Liebe Pia, auch Ihnen ein frohes neues Jahr, ein bisschen mehr Standvermögen kann wohl auch nicht schaden.

Allerdings habe ich ein kleines Problem: Ich habe in der Nacht zwei Frauen aufgehoben und weiß jetzt nicht, ob *Sie* es sind? Sind Sie die mit dem Hut oder die andere?

Ich bin mir auch nicht sicher, ob Sie sich überhaupt an mich erinnern können? Ich bin recht groß, trug eine dunkle Jacke und graue Wollhandschuhe.

Tschüs, Stefan

From Pia to Stefan:

Hallo Stefan, ich hatte keinen Hut, ich bin die andere.

Ich bin nicht gerade klein, trug eine Platzwunde an der Stirn und überhaupt keine Handschuhe. Eine Stunde später trug ich drei Zentimeter 0.5 Ethilon über dem linken Auge, inzwischen ein Pflaster und ein wirklich todschickes Kleid. Es wird Ihnen gefallen. Das Kleid. Aber das mit dem Auge ist auch sehr schön geworden, obwohl ich schon befürchtet hatte, der Chirurg würde in feinem Kreuzstich ein Kleeblatt oder sonst ein beim silvesterlichen Bleigießen beliebtes Motiv in die Stirn sticken.

Date sent: Wed, 23. Jan 08:09
From: Pia Jacobi <pia_jacobi@yahoo.de>
To: Stefan Sebald <stefan.sebald@web.net>
Subject: Silvester

Hallo Stefan, ich wusste gar nicht, dass nachts so viele Frauen auf Straßen herumliegen und Sie als Retter nur so herbeifliegen. Ich bin die, die um halb zwölf etwas »belämmert« in der Mühlenstraße saß. An eine dunkle Jacke kann ich mich, ehrlich gesagt, nicht erinnern. Ich dachte, Sie hatten irgendetwas Helles, vielleicht einen beigen Mantel an, aber das liegt wahrscheinlich an meinem kleinen Blackout.

Viele Grüße, Pia

PS: Vielleicht finden Sie die Frage dumm: Aber was soll das mit den Sternchen?

Date sent: Thu, 24. Jan 07:54
From: Stefan Sebald <stefan.sebald@web.net>
To: Pia Jacobi <pia_jacobi@yahoo.de>
Subject: Blackout

Liebe Pia, jetzt wird's richtig spannend! Ich muss mir das alles noch einmal in Ruhe überlegen, am besten, ich fange »rückwärts« an: Ich hatte einen hellen Mantel dabei, den wollte ich aber im Wagen lassen, weil er sonst dreckig wird, Sie wissen schon, all die volltrunkenen Leute in dieser Nacht …

Dann sind wir losgezogen, wir waren zu dritt, ein befreundetes Pärchen und ich, und dann, genau, es war doch kälter, als ich dachte, ich bin noch mal zurück, und … Sie haben Recht, ich hatte den Mantel doch an.

Ich muss gestehen, ich hatte gehofft, dass Sie vielleicht eine Annonce in die Zeitung setzen, nachdem Sie doch recht plötzlich so sang- und klanglos verschwunden sind und ich keine Gelegenheit mehr hatte, Sie nach Ihrer Nummer zu fragen. Ich wusste ja noch nicht einmal Ihren Namen. Ich habe mich richtig gefreut, als ich Sie in der Zeitung »wieder gefunden« habe, und gleichzeitig gehofft, dass *Sie* es sind. Tut mir Leid, dass ich nicht eher antworten konnte, ich war beim Skifahren.

Ich hoffe, Sie sind wieder fit und haben alles gut überstanden?

Viele Grüße, Ihr Stefan

PS: Und, ach ja, die Sternchen: Hat man irgendwann mal erfunden, um das Wort dazwischen zu betonen, wenn man online nicht kursiv oder sonst wie hervorhebend schreiben kann.

Date sent: Fri, 25. Jan 17:59
From: <pia_jacobi@yahoo.de>
To: Stefan Sebald <stefan.sebald@web.net>
Subject: Wieder fit

Der Abend saß mir schon noch eine Weile in den Knien. Eine Woche war ich richtig »high«, als wäre ich vor eine Wand gelaufen. Und Sie? Wie geht es Ihnen? Hoffentlich haben Sie nicht meinetwegen Silvester verpasst. Ich hoffe auch, Sie haben sich bei der Aktion nicht eingesaut, soweit ich mich erinnern kann, ging die ganze Sache nicht gerade gepflegt über die Bühne. Wie geht es Ihrem Mantel?

Pia

Date sent: Mon, 28. Jan 07:23
From: Stefan Sebald <stefan.sebald@web.net>
To: <pia_jacobi@yahoo.de>
Subject: Es geht

Meinem Mantel geht es hervorragend. Keine Sorge, Sie haben sich, trotz Ihres Zustands, noch relativ gepflegt benommen. Silvester habe ich nicht verpasst, wir waren gerade noch pünktlich am Rhein. Ich muss zugeben, dass ich mir doch noch ein paar Sorgen um Sie gemacht habe.

Liebe Grüße von Ihrem Stefan

Date sent: Tue, 29. Jan 08:02
From: <pia_jacobi@yahoo.de>
To: Stefan Sebald <stefan.sebald@web.net>
Subject: Liebe Grüße

Ich bin so weit wieder hergestellt. So richtig schlecht ging es mir gar nicht. Ich wusste zwar am Anfang nicht so genau, wo ich war, und hörte schon die Englein singen, aber als Sie auf einmal vor mir saßen, wusste ich, dass der Abend einen guten Ausgang nehmen wird.

Pia

Date sent: Wed, 30. Jan 07:32
From: Stefan Sebald <stefan.sebald@web.net>
To: <pia_jacobi@yahoo.de>
Subject: Liebe Grüße

Liebe Pia, ich hatte schon etwas Angst um Sie, als Sie da so mitten auf der Straße lagen.

Normalerweise bin ich auch etwas redefreudiger, was mir an diesem Abend irgendwie nicht gelingen wollte.

Stefan

... weil Ihr schussliger Ex-Freund dazwischen gekommen ist und diesen wunderbaren bernsteinbunten Augen-Blick vermasselt hat, in dem die ganze Welt auf zauberhafte Weise stehen zu bleiben schien.

Date sent: Wed, 30. Jan 09:47
From: <pia_jacobi@yahoo.de>
To: Stefan Sebald <stefan.sebald@web.net>
Subject: Normalerweise ...

wäre ich auch nie auf die Idee gekommen, eine dieser peinlichen Annoncen in die Zeitung zu setzen.

Date sent: Wed, 30. Jan 10:15
From: Stefan Sebald <stefan.sebald@web.net>
To: <pia_jacobi@yahoo.de>
Subject: Normalerweise ...

hätte ich diese peinlichen Annoncen auch nie gelesen. Aber was ist schon normal. Fanden Sie den Silvesterabend normal?

Date sent: Wed, 30. Jan 11:37
From: <pia_jacobi@yahoo.de>
To: Stefan Sebald <stefan.sebald@web.net>
Subject: Wenn ...

Sie in Düsseldorf oder irgendwo in der Nähe wohnen, Lust und Zeit haben, würde ich Sie gerne zum Essen, auf ein Bier oder einen Kaffee einladen?

Viele Grüße
Pia

Date sent: Wed, 30. Jan 11:55
From: Stefan Sebald <stefan.sebald@web.net>
To: <pia_jacobi@yahoo.de>
Subject: Thx!

Ich wohne in Duisburg. Vielleicht können wir uns in Kaiserswerth treffen? Kennen Sie den Burghof?

Stefan

Date sent: Wed, 30. Jan 13:03
From: <pia_jacobi@yahoo.de>
To: Stefan Sebald <stefan.sebald@web.net>
Subject: Burghof

Nächste Woche Freitag? 20 Uhr?

Ich hoffe, Sie werden mich wiedererkennen. Oder muss ich mir etwas Ketchup ins Gesicht schmieren und die »Rheinische Zeitung« unterm Arm tragen?

P.

Date sent: Wed, 30. Jan 15:09
From: Stefan Sebald <stefan.sebald@web.net>
To: <pia_jacobi@yahoo.de>
Subject: Burghof

Was für eine Frage. Ich werde Sie wiedererkennen. Immer und überall. Ich freu mich auf Sie.

Alles Liebe.

S.

Bis Freitag. Einem der herrlichsten Tage seit langem. Weil die Sonne scheint, obwohl es regnet. Weil sie dem an einer roten Ampel hinter ihr stehenden Fahrer im Innenspiegel fröhlich zuwinkt, obwohl er dumm guckt und hupt, wenn sie bei Grün nicht sofort losfährt. Weil aus Deppen nette Menschen werden.

Weil sie nur an den einen Moment denkt, in dem auf einmal dieses eine Gesicht auftaucht. An dieses tiefe, durchdringende, fürsorgliche, fast liebevolle Lächeln aus kunterbunten Honigaugen. *Ich freu mich auf Sie.*

An einem solchen Tag dürfen infantile Jingles und Robbie Williams aus dem Autoradio plärren, ohne dass sie hektisch einen anderen Sender sucht. Darf sie einen Ohrwurm trällern, den sie nicht wieder loswird, ohne sich zu schämen, ziemlich laut und ziemlich falsch: The best men are married, the best friends are gay, there's a new love in town. *Stefan.*

Sie fliegt nach Kaiserswerth und parkt direkt unter dem Schild im absoluten Halteverbot. Dann gibt sie sich gelassen und so normal, als ob nichts wäre und betritt das Lokal. Niemand soll ihr ansehen können, dass sie seinetwegen von morgens bis abends Sade hört, den Müll durch die Stadt trägt und Robbie Williams trällert. Und ja noch gar nicht klar ist, ob er seinen Müll ebenfalls durch die Stadt trägt.

Der Gastraum ist vom Boden bis zur Decke mit dunklem

Holz vertäfelt, schummerig gemütlich und recht verwinkelt. Antike Lampen, Messing im Kerzenschein werfen ein behagliches Licht über dunkle Holztische, an der Theke, direkt am Eingang, sitzen zwei Typen. Einer ist unglaublich groß, er muss es sein. Er kehrt ihr den Rücken zu. Pia geht hin und spricht ihn von der Seite an.

Langsam wendet er seinen Kopf. Scannt sie mit einem Blick und ... sagt erst mal gar nichts. Er braucht auch gar nichts zu sagen, ein skeptisches Runzeln in seiner Stirn sagt alles. »Sie?« Das Runzeln wird deutlicher. »Sie sind Pia?«

Verdammt, ja. Und Sie? Stefan? Recht groß, fast zwei Meter, und trugen graue Wollhandschuhe? Hoch oben auf den zwei Metern thront eine ehrgeizige Stoppelfrisur, darunter kleine braune Knopfaugen hinter einer Brille in einem Schwarzenegger-vierkantigen Gesicht.

»*Sie* haben mich Silvester aufgehoben?« Muss ja ein gewaltiges Blackout gewesen sein.

»Nee, nee.« Er hebt abwehrend die Hände. »Nee. Hab ich nicht.«

»Aber Sie sind doch Stefan, oder?«

»Ja, schon, aber Sie sind es nicht.«

»Wen hatten Sie denn erwartet?«

»Wenn ich das wüsste.«

»Sie wissen es nicht?«

»Da war eine, die hatte sich einfach so mitten auf die Mühlenstraße gesetzt.«

»An der Ecke vom Buchladen?«

»Nee, am andern Ende.«

»Und dann?«

»Sie hatte zu viel getrunken und saß einfach bloß da. Ich bin sofort zu ihr und hab sie gefragt, ob ihr schlecht ist. Und wissen Sie, was dann passiert ist?« Empört sieht er sie an. »Sie ist aufgestanden und verschwunden.«

Vielleicht, weil sie ihre Ruhe haben wollte und niemanden, der ihr beim Schlechtwerden zusieht. Stefan klingt ein bisschen verbittert. »Ohne ein einziges Wort des Dankes.«

Er schlägt sich die Silvesternacht um die Ohren, um Frauen, die zu viel getrunken und zu wenig vertragen haben, »ein bisschen mehr Standvermögen« zu empfehlen, und dann ... »Sie konnte sich kaum noch auf den Beinen halten, das müssen Sie sich mal vorstellen.«

Er mustert Pia und versucht noch nicht einmal, sein sichtlich enttäuschtes Gesicht zu verbergen.

»Na ja, da Sie schon mal da sind. Ein Bier können wir ja trinken.«

Ein Bier, an einem Abend, an dem alles in sich zusammen fällt. Nette Menschen wieder Deppen werden, weil sie an der Bar oder an dunklen Tischen mit Kerzen sitzen und stumpfsinnig ihr Alt trinken, wie in jeder banalen, x-beliebigen Kneipe, an einem x-beliebigen, banalen Abend. Stefan bestellt zwei Bier und sieht Pia schweigend an. »Was'n da passiert?« Sein Blick deutet auf die Steristrips über ihrem linken Auge.

»Vom Fahrrad gefallen.«

»Aha.«

Er dreht das Bierglas in seinen riesigen Händen und heftet seine Augen an die Wand hinter der Bar. Es vergehen einige Minuten, dann dreht er seine ausdruckslosen Augen wieder zu ihr. »Ich fahr auch gern Rad.« Von unvorhergesehenen Umständen mal abgesehen, manchmal ganz praktisch.

»Tja, dann.« Stefan leert sein Glas in einem Zug, haut mit der flachen Hand auf die Theke und greift nach dem Anorak auf dem Barhocker neben ihm. »Das macht?« Seine autoritären Knopfaugen fixieren den Kellner.

»Zusammen oder getrennt?«

»Getrennt.«

Stefan nestelt unter seinem Pullover herum, fingert einige Münzen aus seinem Brustbeutel und zählt das Geld auf die

Theke, passend, bis auf den letzten Cent. Streift seinen Anorak über die Schultern und sieht Pia an. »Ein schönes Leben noch.« Er nickt noch einmal. »Sagt man doch, oder?«

Gelangweilt sieht ihm Pia hinterher.

Er war recht groß und trug eine Jacke von The North Face. Sie war rot, mit schwarzen Einsätzen. Er hatte einen Rucksack von Karrimor. Und tschüs.

Der Kellner schickt ein nettes Lächeln über die Theke. Nicht das Lächeln, das sie gesucht hat, nicht das, weshalb sie eigentlich hier ist. Keine Ahnung, was man mit einem zusammengefallenen Abend anfangen soll. Keine Lust, nach Hause zu fahren, aber auch keine Lust zu bleiben. Jemand kommt an die Bar und wechselt beim Kellner Zigarettengeld. Sie trägt eine lila Kunstlederhose, Polyvinylchlorid mit einem Schlangenmuster, und ein manieriertes Lächeln. Jung, blond, ein kleiner, praller, draller Britney-Spears-Klon. Lila Fingernägel klauben eine Schachtel Marlboro Lights aus dem Automaten. Sie stolziert durch das Lokal und setzt sich zu einem Mann, hinten in einer Nische. Sie klopft eine Zigarette aus der Schachtel, er gibt ihr Feuer. Ihre Hände umfassen seine Hand, sie schaut über die Zigarette hinweg ihm tief in die Augen.

Die Weihnachtsfrau in den roten Stiefelchen.

»Hallo B. Erwarte dich am Freitag, den 8. Februar in unserem Lokal ab 18 Uhr. In Liebe Vivian.«

»Noch 'n Alt?«

Pia zuckt zusammen. Der Kellner lacht und schwenkt ihr leeres Glas in der Hand.

»Danke. Ich zahl dann.«

Pia schlendert zu dem Tisch. Hallo Bernhard, damit hast du nicht gerechnet. Dass sich deine Tochter ausgerechnet in Kaiserswerth mit jemandem zum Bier verabredet und sowieso nicht gut gelaunt ist.

Er hebt erstaunt den Kopf und wechselt, für einen kaum wahrnehmbaren Moment, die Farbe. Dann fasst er sich schnell und sagt in dem Ton, in dem Väter nach der ersten Sechs fragen, ob man seine Hausaufgaben schon gemacht hat: »Ach? Meine Tochter verkehrt also auch hier.«

In einem Ton, der schwer enttäuscht klingt, dass sich die eigene Tochter, anstatt in der Teestunde vom CVJM, in üblen Kaschemmen herumtreibt und sein Vertrauen missbraucht. Bernhard hält Angriff immer noch für die beste Verteidigung. Nicht er, sondern Pia ist hier fehl am Platze.

Kurz schlingern seine Augen unsicher durch das Lokal, als würde er Ruth ebenfalls gleich aus dem Hinterhalt erwarten. Seiner violetten Freundin vergeht ihr Britney-Spearmint-Strahlen. *So? Deine Tochter? Ts! Dass ich nicht lache.* Für Pia hat sie einen gekonnt herablassenden Blick übrig. Sie blinzelt gelangweilt in den Raum, als seien Bernhard und Pia gar nicht da, und konzentriert sich voll und ganz auf ihre Zigarette. Pia verabschiedet sich mit einem kühlen Lächeln. »Schönen Abend noch.«

Er sieht an ihr vorbei, winkt den Kellner heran und bestellt noch ein Bier. So, wie er schon unzählige Male Bier bestellt hat. Er gibt sich sichtlich Mühe, ganz normal dazusitzen, so wie man eben dasitzt, wenn man am Freitagabend irgendwo ein Bier trinkt und ganz zufällig mit Britney Spears an einem Tisch sitzt.

Am Ausgang dreht sich Pia noch einmal um, als hätte sie gehofft, die beiden seien nur eine optische Täuschung gewesen, die sich beim zweiten Blick wieder in Luft aufgelöst hat. Britney pinselt ihren Schmollmund mit Hilfe eines kleinen runden Taschenspiegels neu an, oder sie tut nur so, um Pia »unauffällig« hinterherzusehen. Sie fährt noch einmal mit der Zunge über ihre Zähne, presst die Lippen aufeinander, schiebt mit mahlenden Bewegungen den Unterkiefer vor und zurück und klappt den Spiegel zusammen.

Pia verlässt das Lokal mit einem seltsam leeren Gefühl. »Ihr« Lokal. Das Lokal von Vivian und B.

Pia will auf der Landstraße zurück in die Stadt und landet auf der Autobahn. Sie will die Autobahn verlassen und erwischt eine falsche Ausfahrt. Sie fährt geradeaus, einfach hinter einem Wagen mit Düsseldorfer Kennzeichen her, in der Hoffnung, seine Rücklichter würden sie nach Hause bringen, einfach immer weiter, immer geradeaus. Sie denkt an Vivian und Bernhard. Vivian erscheint vor ihren Augen. Vivian mit roten Stiefelchen. Vivian mit Zigarette. Vivian in lila Schlangenhose.

Grellbunte Reklametafeln im aschgrauen Himmel. Ikea, McDonald's, nicht weit davon Burger King, Kentucky Fried Chicken. »Herzlich willkommen im Gewerbepark-West.« Willkommen im Cinemaxx und Etap-Hotel.

Ein über den Himmel kreisender Laserstrahl weist den Weg zum »Starlight«, der Wagen vor ihr setzt den Blinker und biegt rechts ab. Pia fährt weiter geradeaus und landet in einem Kreisverkehr, aus dem es keinen Ausweg gibt: zwei Straßen in ein Neubaugebiet oder wieder denselben Weg, die elend lange Bundesstraße, zurück. Sie fährt einmal im Kreis herum und entscheidet sich schließlich für die kleine Straße, die in das Neubaugebiet führt. Sie passiert das gelbe Ortsschild von Hückelrade und biegt ganz automatisch nach links in den Lerchenweg. Im Schritttempo tastet sie sich an den Häusern vorbei und hält an Haus Nr. 3. Sie stellt den Motor ab und bleibt erst einmal sitzen. Genau der Moment, eine Fünf-Minuten-Zigarette zu rauchen und wieder heimzufahren.

Die rechte Hälfte des Doppelhauses liegt im Dunkeln,

Tanjas Seite ist hell erleuchtet. Im Garten steht einer dieser meterhohen Holzstörche, der die Windeln und die kleinen Babys bringt, an ihrer Haustür hängt ein getöpfertes, ovales Schild, umringt von einem blauen Band mit einer roten Schleife: Hier wohnen Tanja, Matthias und Timo. Tanja müsste ein neues Schild basteln, inzwischen wohnt auch Franka hier.

Pia sieht Tanja in ihrem hell erleuchteten Wohnzimmer auf dem Sofa sitzen. Sie sieht fern und ist die Einzige hier im Viertel, die sich nicht hinter Jalousien verschanzt und es aushält, auf einem Präsentierteller zu sitzen, während vielleicht irgendjemand, den man auch tagsüber nicht in seinem Garten haben möchte, auf ihrer Terrasse steht und sie beobachtet, den sie aber nicht sehen kann, weil sie in der Panoramascheibe nur sich selber auf dem Sofa sitzen sieht. Tanja legt die Fernbedienung zur Seite und steht vorsichtig auf, als Pia klingelt. Sie freut sich, dass Pia »zufällig« in der Nähe ist und auf einen Sprung vorbeikommt. Tanja hat die Kleine auf dem Arm und sieht müde aus.

»Hallo, wie geht's?«

»Wie's eben so geht, wenn die Nacht nur vier Stunden hat.«

Tanja setzt sich wieder aufs Sofa, wickelt sich mit der Kleinen in die Kamelhaardecke und legt die Füße hoch. Frankas Augen sind geschlossen, mit zärtlicher Sorge betrachtet Tanja ihr rotes Gesichtchen. »Unser kleines Problemkind.« Sie legt die Hand auf Frankas Stirn. »Sie hat immer etwas Temperatur.«

Timo kommt ins Wohnzimmer geschossen, fliegt mit ausgebreiteten Armen eine Ehrenrunde, immer an der Wand lang, und krallt sich wie ein kleines Äffchen an Tanjas Beinen fest. Dabei linst er misstrauisch von unten herauf und gibt Pia unmissverständlich zu verstehen, dass das seine Tanja und nicht Pias Tanja ist.

Pia und Timo haben sich noch nie besonders gemocht, was daran liegt, dass Pia mit kleinen Jungs, die »brrr-brrr« machen und um sie herumrennen, nichts anfangen kann, aber auch daran, dass die doofe Tante nie etwas mitbringt, wenn sie mal zu Besuch kommt. Allerdings macht Timo nicht »brrr-brrr« wie jeder halbwegs intelligente Junge seines Alters, er macht »tsch-tsch«, ein computeranimiertes »tsch-tsch«. Ein »tsch-tsch«, von dem Tanja sagt: »Von mir hat er das nicht.«

Timo lässt sich auf den Boden fallen und krabbelt unter den Esstisch, um den Hund zu kneifen, der viel zu spät versucht hat, sich zu verstecken. Ein Golden Retriever, von dem Tanja schwärmt, was für »tolle Familienhunde« das sind. Bekannt für ihr freundliches Wesen, mit gutmütigem Grinsen die Attacken fast fünfjähriger Terroristen auszuhalten. Tanja beugt sich unter den Tisch und streicht Timo über die Haare. »Mein Männlein. Geh doch mal gucken, was der Papi macht.« Sie nickt ihm aufmunternd zu. Vielleicht ist das ganz was Tolles, was der Papi macht?

Timo kneift die Lippen zusammen und schüttelt wortlos den Kopf, der Trick funktioniert schon lange nicht mehr. Soll *sie* doch gucken, was der Papi macht, er weiß doch, was er macht. Matthias sitzt im Keller, in seinem Arbeitszimmer, vor dem Computer. Und wenn Timo kommt, klickt er mit der rechten Hand weiter auf seiner Maus herum, streicht ihm mit der linken geistesabwesend über die Haare und sagt irgendwann, die Augen weiterhin auf den Bildschirm gerichtet: »Willst du denn nicht mal gucken, was die Mami macht?«

Während er für seine Software-Firma irgendwelche Programme schreibt oder versucht, für Franka bei eBay endlich diesen ultracoolen Kinderwagen zu ersteigern, diesen Jogger mit Alufelgen und drei Rädern. Oder einen neuen Kindersitz fürs Auto, aus dem Timo so schnell herausgewachsen ist.

Den von Storchenmühle, Sicherheit nach Maß mit intelligenter Gurtführung, Stiftung Warentest Qualitätsurteil »gut«.

Tanja streichelt derweil weiter den Kopf der Kleinen und beobachtet Timo mit einem fast sorgenvollen Blick. Nach einer Weile sieht sie Pia an. »Hast du Lust auf einen Tomatensaft?«

Pia sucht in den Einbauschränken nach einem Glas und Tabasco, als sie wieder ins Wohnzimmer kommt, ist Tanja verschwunden. Sie hört sie aus dem Badezimmer rufen: »Ich komm gleich!«

Nach einer Weile kehrt sie zurück, Franka im Arm, ein Fieberthermometer in der Hand. 39,7.

»Soll ich einen Arzt rufen?«

Tanja schüttelt den Kopf. »Der war schon dreimal da. Am besten, wir fahren ins Krankenhaus.« Sie reicht Pia das Miniwesen in der Decke. »Kannst du sie mal kurz halten? Ich sage Matthias Bescheid.« Franka fühlt sich ganz heiß an. Sie atmet schwer und angestrengt.

Pia begleitet Tanja zum Wagen, während Matthias hektisch zwischen Haus und Auto hin und her rennt. Er hat seine Jacke vergessen, dann das Portemonnaie, zuletzt den Autoschlüssel. Jedes Mal, wenn er den kleinen Weg zwischen Haus und Auto entlangläuft, ertönt ein blechernes »Quaaak!« aus einem Plastikfrosch, den man im Gartencenter als »dekorativen Bewegungsmelder, batteriebetrieben, für den Außenbereich, ca. 26 cm hoch« erstehen kann. Tanja findet ihn »drollig«, hätte aber lieber den »Zwerg mit Laterne« genommen, der jede Bewegung mit einem »Hey! Hey!« meldet, aber das war Matthias nun doch zu blöd.

Er wirft seine Jacke auf den Rücksitz, Pia steht unentschlossen herum. »Kann ich vielleicht irgendwas machen oder tun?«

Er springt in den Wagen.

»Du kannst auf Timo aufpassen!«

»Aber …«

»Bring ihn doch schon mal ins Bett.«

… ihr könnt mich doch jetzt nicht allein lassen, mit diesem … Pocketmonster.

Die Tür knallt zu, Matthias hupt zweimal, sie fahren davon. Langsam dreht sich Pia um und geht ins Haus zurück, im Flur wartet bereits der neue Hausherr, die Arme bockig ineinander verschränkt. Er sieht Pia feindselig an und sagt keinen Ton, in seinem Blick stehen eindeutig zwei Worte: »Doofe Tante.«

Und in Pias, auch nicht gerade freundlichem Blick steht: »So, Freundchen. Ich lass dich in Ruhe und du lässt mich in Ruhe, haben wir uns verstanden? Sonst fahre ich nach Hause und lass dich allein in diesem großen, dunklen Haus.« Dann kommt der böse schwarze Butzemann, und vorher kneif ich dich noch in die Bäckchen und sage in diesem quietschigen Ober-Tanten-Ton: »Naaa, willst du mir denn nicht auf Wiedersehen sagen?« Willst du mir nicht das »schöne« Händchen geben, du kleiner mieser Bengel?

Während sie so dastehen, kommt der Hund angetrabt und fängt leise zu winseln an. Pia sieht auf ihn herab und versucht Timo versöhnlich zu stimmen.

»Wie heißt er denn?«

»Benny.«

Solche Hunde heißen immer Benny.

»Hi, Benny.«

Sie tätschelt das Fell hinter seinen Hängeohren, seine treudoofen Hundeaugen schauen zu Pia herauf. Er hebt eine Pfote und wedelt mit dem Schwanz. Solche Hunde wedeln immer mit dem Schwanz. Timo kommt vorsichtig angeschlichen und schmiegt sich an ihre Beine, seine klebrige Hand klammert sich an ihrem Zeigefinger fest.

»Benny muss mal.«

Ach so. Der Hund muss mal.

»Du kannst ihn in den Garten lassen.«

Gut. Pia macht die Tür einen Spalt auf, Benny schlüpft hindurch, der Frosch quakt, nach ungefähr zwei Metern hockt er sich mit zittrigen Hinterläufen mitten auf den Weg und sieht mit verkrampft hervortretenden Augen dösig zur Tür.

Pia sieht auf die Uhr und dann auf Timo herunter. In solchen Momenten pflegen doofe Tanten zu sagen: »Du musst doch bestimmt schon längst im Bett sein.« Das hat sie sich schon gefragt, als er ins Wohnzimmer geschossen kam und sich auf Benny unter den Esstisch stürzte. Timo kennt diesen Doofe-Tanten-Blick und reckt sich um einen Furcht einflößenden Zentimeter in die Höhe. »Ich darf so lange aufbleiben, wie ich will.«

Glaub ich nicht, aber von mir aus. Bleib doch so lange auf, wie du willst, bis dir die Augen vor Müdigkeit ausfallen und dein Vater sie dir morgen wieder einsetzen und dein Geknatsche ertragen muss. Pia geht in die Küche.

»Hast du Hunger?«

Timo macht »Mmh« und nickt mit dem Kopf. Er bläst die Backen auf, sein Gesicht wird leicht rot. Ich ess aber nur, was ich will. Na klar, ist ja schon gut. Pia öffnet die schwere Kühlschranktür und inspiziert die Regale. Ein Zwanziger-Karton Bio-Joghurt natur, drei Salatgurken, kiloweise Frischkäse, eine alte Tube Senf, ein paar Dia-Filme. Im Brotkorb gähnende Leere, in einem Schrank eine Batterie Fleckenteufel, im anderen mehrere Reihen Knäckebrot in allen Variationen: mit Sesam, ohne Sesam, Roggen, Weizen, Drei-Korn, Mjölk und Köstlich. Eine Grundmischung Dinkelkuchen, ein paar Knusper-Reiswaffeln. Tee. Mate, Ingwer, Zitrone.

Also: Knäckebrot mit Frischkäse und Gurkenscheiben. Timo schüttelt den Kopf.

»Ja, dann eben nicht.« Ich werde keine Spaghetti kochen

und ich werde auch nicht zu McDonald's fahren. Es wird gegessen, was auf den Tisch kommt. Dia-Filme mit Senf.

»Vielleicht finden wir in der Gefriertruhe etwas, das wir in die Mikrowelle schieben können?«

Timo flitzt aus der Küche und kommt umgehend zurück. Er hat seine blaue Daunenjacke in der Hand und das rote Käppi aufgesetzt, das mit den goldenen Bögen der weltgrößten Frittenbude. Pia schließt die Tür des Gefrierschranks und schüttelt den Kopf.

»Ich kann nicht zu McDonald's fahren. Ich habe keinen Kindersitz im Wagen.«

Wunderbar. Ein Argument, das jedem Fünfjährigen absolut einleuchtet. Ach ja, Pia, hatte ich ganz vergessen, schön, dass du so verantwortungsbewusst bist.

»Du kannst was holen.«

»Ich kann dich aber nicht allein im Haus lassen ...«

»Ich komme mit.«

Das Pokémon-Menü kostet drei Euro fünf. Timo möchte es zu Hause zu sich nehmen.

Er wirft die leeren Schachteln unter den Couchtisch, schmiert seine Ketchupfinger auf das Sofa und versucht die Beine auf den Tisch zu legen, was misslingt, weil ihm die entscheidenden Zentimeter fehlen.

»Willst du mir nicht mal dein Zimmer zeigen?«

Er sieht Pia träge an und verdreht die Augen.

Das hast du jetzt davon. Erst tu ich, als sei ich ganz okay, lasse mich erpressen und fahre brav zu McDonald's. In der Küche frag ich dann so dumm, ob *du* die Bilder gemalt hast, die an der Kühlschranktür hängen und ob die gekrickelten Dreiecke mit den Strichen dran Mama und Papa sein sollen. Und dann will ich dein Zimmer sehen.

Gelangweilt rutscht Timo vom Sofa und geht schon mal vor, sein Zimmer liegt oben, unterm Dach. An der Tür bleibt er stehen, weist Pia stumm hinein und sieht sie skeptisch von unten an.

Aaa-ch! Das ist aber ein schönes Zimmer ... Vor allem, wenn du es mal aufräumen würdest. Aber die Tante sagt gar nichts. Sie überlegt, wie sie ihn dazu bringen kann, endlich ins Bett zu gehen, damit sie unten in aller Ruhe, allein, fernsehen kann. Sie knipst den roten Lumi-Bär neben seinem Bett an und setzt sich auf die Bettkante. So sieht Timo schon mal, dass die Stunde geschlagen hat. Von seiner Bettdecke grinst ein rosafarbenes, kugelrundes Ungeheuer mit riesigen blauen Kulleraugen.

»Wer ist das denn?«

Timo kommt interessiert näher.

»Das? Das ist doch Pummeluff.«

»Eins von den hundertfünfzig Pokémons?«

»Es ist kein Pokémon.«

»Was ist es dann?«

»Es ist ein Pummeluff.«

»Und? Was macht es so?«

»Es beschützt die Pokémons.«

»Und wie macht es das? Kann es was Besonderes?«

Timo hüllt sich in Schweigen.

»Es muss doch irgendwas können, irgendwas, was die anderen eben nicht können.«

Keine Antwort.

»Ist es größer oder stärker, oder was? Oder kann es zaubern?«

»Es singt die Gegner schwach.«

Herz-zer-rei-ßen-de Schlaflieder, so dass die ganze Welt in tiefen Dämmer fällt und jedes Ungeheuer, das ein Pokémon fressen will, nicht mehr fliegen kann und noch während der Verfolgung wie ein Stein vom Himmel fällt. Wenn es doch von seinem Laken steigen und singen würde.

Timo ist üüüberhaupt nicht müde.

»Wie wär's? Wollen wir noch was spielen?«

Der Sage nach klatschen kleine Kinder in die Hände und rufen »Au ja!«. Sie begreifen, wie gut man es mit ihnen meint und gehen nach dem Spielchen zur Belohnung artig ins Bett, weil es ja sonst morgen kein Spielchen gibt.

Pia kriecht auf allen vieren über den blauen Teppich und inspiziert den Müll unter dem Bett. »Max & Mario«, die komplette Sammlung, alle vier CD-ROMs. »Jurassic Parc III – Dino Defender«, Juniorgame, ab sechs Jahre. Eine Tüte mit giftgrünen Gummi-Fäden, so genannte Apfel-Spaghetti. Timo beobachtet sie argwöhnisch und nimmt die Bonbontüte an sich. Pia zieht eine weitere Schachtel hervor. »Das Zahnputzspiel. Wie Kinder spielend gerne Zähne putzen.« Sie sieht Timo fragend an.

Er vergrößert den Sicherheitsabstand um einen Meter und stellt sich in die Tür, Pia findet eine andere Schachtel. »Die Uhr«. Ein Lernspiel, das Spaß macht. Oder »Unsere kleine Mäusebande«. Von Pädagogen empfohlen, mit hohem Spaßfaktor.

»Voll doof.«

Was kann ich dazu, wenn du nur doofe Spiele hast, voll doofe Lernspiele, noch ein letzter Versuch, das nächste nehmen wir, basta. »Das spielst du doch bestimmt gerne.« Pia klappt das Spielbrett auf und versucht Begeisterung in ihre Stimme zu legen.

»Kannst du mir erklären, wie es geht?«

Timo hält die Schachtel über seinen Kopf und schüttelt alle Steinchen heraus. Gelangweilt sammelt er die roten und genauso gelangweilt sieht er Pia an.

»Du kriegst die blauen. Du musst eine Kette bilden.«

Timo hat überhaupt keine Lust, eine Kette zu bilden, und sieht träge im Zimmer umher, während sie ihre Steinchen in kleine Kreise pfriemelt. Er lässt sie dreimal gewinnen, wirft seine Steinchen aufs Brett, lässt sie in seinem Saustall einfach sitzen und trottet zurück ins Wohnzimmer. Fläzt sich neben Benny aufs Sofa und starrt in den dunklen Fernsehapparat.

Als Pia ins Wohnzimmer kommt, blinzelt er, einen Arm lässig auf der Lehne, von der Seite schräg zu ihr herüber. Okay, okay, ihr dürft so lange fernsehen, wie's euch passt. Pia findet in der Küche eine Tüte Öko-Chips und in den überall zusammengeklaubten fünf Fernbedienungen die eine, mit der man den Fernseher einschalten kann.

Ein Clown im Ringelhemd mit Pappnase, Narrenkappe und überdimensionaler Plastikbrille begrüßt seine Zuschauer live im Graf-Zeppelin-Haus in Friedrichshafen und die drei Zuschauer »zu Hause an den Geräten«. Er freut sich auf einen schönen Abend, an dem wir alle Sorgen hinter uns lassen und mal wieder richtig lustig sind. »Tä-tä. Tä-tä. Tä-tä.« Wir freuen uns auf die Fastnacht an Neckar, Rhein und Bodensee. Der Clown ist Präsident der Karnevalsgesellschaft »Zigeunerinsel Stuttgart«, was einen besonders feurigen Abend verspricht. Witzig bis zum Abwinken.

Pia zappt durch die Programme.

»Kölle Alaaf«, Kostümsitzung der Prinzengarde. Alle sind supergelaunt und supergespannt auf supertolle Gäste wie »Et Rumpelstilzje« und die »Kölsche Tanzgruppe«, live aus dem Kölner Maritim. Einer fragt einen Stargast, den kein Aas kennt, wie er es findet. Erst versteht er die Frage nicht. Dann sagt er: »Super.«

»Düsseldorf Helau«, große Prunksitzung. »Jede Jeck is anders.« Aufzeichnung aus der Stadthalle. Überall schnaufende, schwitzende, alte Männer in Kostümen, Pirat oder Zigeuner. Sie erzählen komische Sachen, die sprachlich und/oder inhaltlich nicht zu verstehen sind, Stimmungskanonen schunkeln und lachen sich um den Verstand, dann wird es ernst: Der Lachsack fordert: »Und jetzt alle!«

Flamencobräute, Mausis mit angeschnallten Mauseohren und Lippenstiftherzchen auf den Wangen in stark durchlöcherten Emmentaler-Hemden, singen und schunkeln, was das Zeug hält. Auf allen anderen Kanälen »Titten, Blut und Leichen«, nicht ganz timofrei. Timo und Benny zeigen sich von allem unbeeindruckt, egal, wer oder was kommt. Benny hat mittlerweile die Chips gefressen und reißt die Tüte in Fetzen.

Pia schaltet zu der Pappnase live nach Friedrichshafen zurück und angelt ein paar Zeitschriften aus dem Körbchen neben dem Sofa. »Eltern«. Noch mal »Eltern«. Und »P wie ... Papi! Das Magazin für Väter.« Ein Magazin, das, laut editorial, »endlich mal was für Väter« machen will. Mit Väterkursen, einer Übersicht über Kindergärten, familienfreundliche Fahrzeuge und Raststätten.

»Papi« wird auch gerne von Mamis gelesen. Und es ist Mami und nicht Papi, die eine frankierte Postkarte mit dem Stichwort »Baby-Rikscha« einschickt, um den neuen tollen Aufkleber und ein »P wie ... Papi!«–Tassen-Set im Wert von fünfzig Euro zu gewinnen. Oder ein Warndreieck mit dem Hinweis »Franka on board« oder einen Sonnenschutz fürs Seitenfenster mit den winkenden Wurstfingern von Käpt'n Blaubär oder doch lieber dieser Grinse-Grinse-Mieze-Katze? Pia schlägt die Zeitschrift zu und sieht gottergeben in den Fernsehapparat.

Der Clown turnt weiterhin über den Bildschirm und scheint im Lauf der Zeit magische Kräfte zu entwickeln. Offenbar ein entfernter Verwandter von Pummeluff: Timo legt seinen Kopf auf Pias Schoß und schläft ein. Pia hält die Luft an und tastet auf dem Sofa vorsichtig nach der Fernbedienung. In zehn Minuten kommt »Pulp Fiction«. Timo grunzt leise und kuschelt sich noch fester in ihren Schoß. Der Hund steht schwanzwedelnd neben dem Sessel am Fenster und sieht stolz auf den Boden. Er hat die Fernbedienung zum Sessel getragen, anscheinend hat es ihm Matthias beigebracht. Doof, wie ein Familienhund nun mal ist, macht er es auch, wenn niemand in dem Sessel sitzt. Pia versucht ihn mit aufmunterndem Wispern zu animieren, ein braver Hund zu sein und die Fernbedienung endlich zurückzubringen. Wirst du wohl ...? Benny legt den Kopf schräg und lauscht den eigenartigen Geräuschen, mit denen man vielleicht ein Pferd in Marsch setzen kann, aber keinen Hund. Leise klopft Pia mit der Hand auf das Sofa. Wirst du wohl ... Wirst du jetzt endlich die Scheißfernbedienung herbringen? Er reißt sein Maul weit auf, streckt sich der ganzen Länge nach und legt sich nieder, Kopf auf den Pfoten, Augen geschlossen. Der Clown kündigt seinen Ehrengast an. »Es kommen de Kölsche Kellerjeister!«

Das Telefon klingelt.

Timo wacht auf und Benny kotzt die Chips auf den Teppich.

»Na? Alles okay?«

Matthias aus dem Krankenhaus.

»Klar, kein Problem.«

Dein Hund versaut Garten und Teppich, der Kleine war bei McDonald's, wofür mir Tanja den Kopf abreißen wird, und ich hatte einen hemmungslos lustigen Abend mit einem fast Fünfjährigen und fröhlichem Schwachsinn auf allen Kanälen, nachdem ich im Burghof ein langweiliges Bier mit einem noch langweiligeren Stefan getrunken und »Hallo B.« und »In Liebe, Vivian« getroffen habe. Der Spaßfaktor stieg ins Unermessliche, das alles, weil ich das nette Gesicht suche und ein anderes gekommen ist. Die Pappnase im Fernsehen findet das »Spitze!«, Matthias klingt erleichtert.

»Schön.«

»Und bei euch? Alles okay?«

»Alles okay, sie kriegen es hin.« Nach einer kleinen Pause sagt er: »Du, das wird hier noch 'n bisschen dauern. Kannst du so lange bleiben?«

Klar. Kein Problem, du.

Ach wie gut, dass niemand weiß …

»Ich darf Ihnen den Luigi Maffini empfehlen, einen frischen Weißwein mit Nuancen von Pfirsich, Zitrus, Ginster und frischen Kräutern. Ausgewogen und weich, spritzig im Abgang.« Der Sommelier dreht die Flasche in seinen Händen und hält Elisa das Etikett hin.

»Schon gut, Sie dürfen.« Sie probiert einen Schluck und nickt. Der Kellner schenkt ein, schnappt sich die Rotweinkelche mit einer graziösen Pirouette und entfernt sich auf leisen Sohlen. Elisa sieht ihm spöttisch hinterher und äfft seinen Tonfall nach: »Darf ich dir unseren Ginster empfehlen?« Sie lacht, als sie Pia zuprostet. »Schmeckt aber ganz gut, der Ginster.« Dann wird sie wieder ernst: »Bist du sicher, dass er es wirklich war?«

Pia verdreht die Augen.

»Natürlich war er es.«

»Ich kann einfach nicht glauben, dass sie aussieht wie Britney Spears.«

»Mein Gott, ist doch egal, wie sie aussieht!« Entnervt klappt Pia die Speisekarte zu und bestellt Kürbis-Ravioli mit Löwenzahnpesto. »Ich hätte ihm das doch auch nicht zugetraut.«

Ausgerechnet Bernhard. Schnappt sich die erstbeste Barbie, die außer wasserstoffgebleichten Haaren und einem grenzdebilen Sugarlächeln gar nichts kann. Eine, die sich am Tisch die Lippen nachmalt und dann so ordinär mit der Zunge unter ihren Lippen herumfuhrwerkt, dass es so aussieht, als würde sie dort Kirschen verstecken.

»Vielleicht war es ihr Karnevalskostüm.«

»Alles nur ein Witz und am Aschermittwoch ist alles vorbei?«

»Kann doch sein?«

»Und als was ging dann Bernhard?« Als Gentleman, der Damen zum Lachen bringt und ihnen Feuer gibt? »Das glaubst du doch selbst nicht.«

Elisa stochert in ihrer Salatkreation und sagt, die Augen weiterhin auf ihren Teller gesenkt:

»Du musst es Ruth sagen.«

»Wieso ich?«

»Du hast sie zusammen gesehen.«

»Ich hatte nicht vor, mich zwischen die Stühle zu setzen und von Ruth am nächstbesten Baum aufgeknüpft zu werden.« Wie in alten Zeiten der Überbringer schlechter Nachrichten. An der Blutbuche nebenan, in Wiedemanns Garten.

»Wir sitzen doch schon mittendrin.«

Eines Tages wird es Ruth sowieso erfahren. Sie wird enttäuscht sein, dass die beiden sie die ganze Zeit im Unklaren gelassen haben, obwohl sie es schon ewig wussten. Sie wird denken, sie hätten sie genauso hintergangen wie Bernhard. Er wiederum wird behaupten, es ginge sie nichts an, und versprechen, es Ruth zu sagen, wenn nicht gleich, dann morgen oder übermorgen, und immer zu feige sein, es auch zu tun. Elisa stochert weiter auf ihrem Teller herum, Pia lässt den Blick durchs Lokal schweifen, als ob dort irgendwo die Lösung geschrieben stünde.

Das »Zucchini« ist immer gut besucht. Mittags kommen Angestellte aus den umliegenden Büros, obwohl ihr Hunger zu groß und ihre Mittagspause zu kurz ist, um hier mal eben etwas zu essen. Restless legs hibbeln unter dem Tisch, Finger spielen mit Zahnstochern, unruhige Augen löchern den Kellner, wenn er einen Teller vorbeiträgt, der wieder nicht für sie bestimmt ist. Dieselben unruhigen Augen, mit denen sie im Schritttempo stundenlang hinter einem herfahren, wenn man mit einem Schlüssel in der Hand spazieren geht, in der trügerischen Hoffnung, man werde gleich seinen Parkplatz räumen. Niemand von ihnen hat ein nettes Gesicht. Elisa bemerkt ihren Tick, in jedem unschuldigen Passanten nach der silvesterlichen Erscheinung zu fahnden.

»Du hast dein Phantom noch immer nicht aufgegeben?«

»Wie kann man ein nettes Gesicht aufgeben?«

»Vielleicht wohnt der wer weiß wo.«

»Wahrscheinlich.«

»Bestimmt ist er verheiratet, hat zwei Kinder und erwartet das dritte.«

»Vierlinge. Mindestens.«

»Oder er ist sowieso doof.«

»Oder schwul.« Der Letzte war schwul.

»Oder dick, dumm, langweilig und verlogen.«

Oder flüchtet nach Papua Neuguinea. Der Letzte war schwul und flüchtete nach Papua Neuguinea, als fliegender Arzt, zu den Wilden. Sah aus wie River Phoenix und hieß Johann. Manchmal meldet er sich noch aus dem Orbit.

»Warum suchst du ihn nicht über eine dieser Radio-Shows?«

»Oder über eine dieser Annoncen, die keiner liest.«

»Sonntagabend. ›Herz an Herz‹ auf 103,4 Megahertz.«

»Schatzimaus grüßt Bussibär, den sie ganz doll lieb hat und alle, die sie kennen?«

»Und alle, die sie nicht kennen.«

»Besonders doll wär, wenn ihr Sasha spielen könntet.«

Klar, Schatzi, machen wir. »You're the owner of my heart.« Elisa hält das für keine schlechte Idee.

»Wenn er am Sonntagabend nichts Besseres zu tun hat, als Kuschelschnulzen auf 103,4 zu hören, hat er entweder eine Meise oder eine Freundin, die ihn dazu zwingt, und ist sowieso schon disqualifiziert.«

»Aber dann weißt du es wenigstens.«

»Ja, und? Das führt doch zu nix.«

In einer eleganten Kurve, den linken Arm hinter dem Rücken verschränkt, gleitet der Kellner mit einem riesigen Teller an ihren Tisch. »Bitte sehr, einmal Kürbis-Ravioli.« Er wünscht, kaum wahrnehmbar, vornehm lächelnd einen guten Appetit und zieht sich diskret zurück. Pia greift nach dem Besteck.

»Ich hab mich entschlossen, noch eine Annonce aufzugeben und die Sache dann endgültig zu vergessen.«

Elisa möchte auch guten Appetit wünschen, verschluckt sich und blickt wie erstarrt auf ihre Gabel. Scheppernd fällt sie zu Boden, reflexartig zieht Elisa ihre Beine auf den Stuhl. Pia sieht sie erstaunt an. Hast du Ricky Martin vorbeilaufen sehen?

Stumm weist Elisa mit ihrem Zeigefinger auf ein paar Salatblätter, die von der Gabel auf die Tischdecke gestürzt sind. Pia stochert mit ihrem Messer in den Blättern herum, hebt ein Blatt ganz langsam hoch und betrachtet es interessiert. Eine Schnecke im Salat. Sie stellt sich tot, dann rührt sie sich und streckt zaghaft die Fühler aus. Elisa schreit auf und rennt mit vorgehaltener Hand zur Toilette. Sie reagiert hysterisch, bei allem, was kreucht und fleucht. Schon als Kind, als Pia die grünen Knüssel der Tomaten sammelte und später, zu »Spinnen« getrocknet, in ihre Schuhe oder unter ihr Kopfkissen legte.

Der Kellner nähert sich ihrem Tisch und platziert sich mit einer angedeuteten Verbeugung hinter Pias Stuhl. »Darf ich fragen, ob etwas nicht zu Ihrer Zufriedenheit ist?«

Mit formvollendeter Geste legt er das Corpus Delicti auf ein kleines Tellerchen und transportiert es mit höchster Grazie ab, so wie er es auf der Schweizer Hotelfachschule gelernt hat: auf drei Fingern, hoch erhoben wie erlesensten Kaviar auf einem großen silbernen Tablett.

Die Blicke der anderen Gäste folgen ihm, wie er elegant

durch die Flügeltür in die Küche schreitet, ein anderer Kellner geht mit beruhigenden Worten von Tisch zu Tisch. Keine Panik. Nichts passiert. Allmählich kehrt man wieder zum Üblichen zurück, widmet sich Tellern und Gesprächen. Nur Elisa ist immer noch blass.

»Die Kürbis-Ravioli schmecken ausgezeichnet, möchtest du mal?«

Erschöpft lehnt sie ab.

»Bitte sehr. Einmal Tannenhonigparfait mit Sauce von der Blutorange.« Für Elisa hat der Kellner einen Schnaps, die Schnecke und der Marillengeist gehen selbstverständlich auf Kosten des Hauses. Später bringt er die Rechnung auf demselben Tellerchen, auf dem er die Schnecke abtransportiert hat, und stellt es unaufgefordert auf Pias Seite. Sie schiebt es an Elisa weiter. Als sie fragend zurückblinzelt, holt Pia eine fiese alte Big-Mäc-Schachtel aus ihrer Handtasche und legt sie auf die Rechnung.

»Da gehört doch noch ein Gutschein hinein. Schon vergessen?«

Zähneknirschend zückt Elisa ihr Portemonnaie.

»Auf Wiedersehen und beehren Sie uns bald wieder.«

Am Sonntagabend sucht Pia an ihrem Küchenradio den Sender von 103,4 Megahertz und hört heimlich »Herz an Herz – die Show für verliebte Paare« und alle, die eins werden wollen. Wenn Sie Lust dazu haben, brauchen Sie nur Billy anzurufen. Pia hebt die Pizza aus dem Karton auf ein Brett und schenkt sich ein Glas Wein ein. Billy hat den nächsten Hörer an der Angel.

»Halli-Hallo! Wen habe ich am Apparat?«

»Ja? Hallo?«

»Wen möchtest du grüßen?«

In der Leitung bleibt es stumm.

»Hallo! Wen möchtest du grüßen?«

»Ähm, bin ich schon dran?«

»Ja, du bist auf Sendung!«

»Also, ich bin die Inge.«

»Wen möchtest du grüßen, Inge?«

Von Billys weichgespülter Stimme wird einem ganz blümerant zumute.

»Den Rolf.«

»Den Rolf!« Billy ist überrascht. Inge kennt einen, der Rolf heißt. »Und das ist dein Schatz, Inge?« Billys Ton wird eindringlich, jetzt bloß nicht widersprechen. Von Inge kommt nichts. Geduldig hakt Billy nach. »Ist das dein Schatz, Inge?« Pia verdreht die Augen und nimmt einen tiefen Schluck aus ihrem Glas. Meine Güte. Ja!

»Wir sind schon zweieinhalb Monate zusammen.« Na, also.

»Und wo ist dein Schatz jetzt?«

»Auf Teneriffa.«

»Aber da kann er dich ja gar nicht hören!«

Schweigen.

»Huhu, Inge? Bist du noch dran?«

»Ja, ich nehm das auf.«

»Ach, du nimmst das auf!« Billy ist erleichtert, dass es Inge nicht die Sprache verschlagen hat. »Da wird er sich aber freuen, dein Rolf. Habt ihr ein Lied?«

Billy auf 103,4 macht's möglich. »Wind of change. Nur für Inge und Rolf.« Wenn auch Sie dabei sein wollen, rufen Sie an! Billys dreimal die vier, viermal die fünf. Pia beginnt die Spülmaschine auszuräumen und lächelt vor sich hin. Das Ganze ist ja unerwartet witzig.

Nachdem Billy dreimal die Telefonnummer in Inges und Rolfs Lied gequatscht hat, meldet sich eine Trulla aus Düsseldorf.

»Halli-Hallo! Wen möchtest du grüßen?«

»Ich möchte eigentlich niemanden grüßen.«

Pia schüttelt den Kopf. Das wird Billy aber nicht gefallen.

»Heißt das, du bist heimlich verliebt?«

Aha! So läuft das.

»Ja, äh, nein.«

»Ach, ich weiß schon. Du findest ihn toll und er weiß es noch nicht, hab ich Recht?«

»Ich hab ihn aus den Augen verloren, eigentlich hab ich ihn auch nur einmal gesehen.«

Tja. Da bist du nicht die Einzige, meine Liebe. Pia räumt die Teller in den Schrank, Billy sendet einen romantischen Seufzer durch die Lautsprecher, der Rest geht im Geschirrgeklapper unter.

»Jetzt mal alle gut zuhören! Hallo, ihr da draußen! Wir grüßen den Silvesterschatz aus der Mühlenstraße und spielen, nur für euch zwei Turteltäubchen, Robbie Williams!«

Pia senkt den letzten Teller langsam auf den Stapel und sieht das Radio prüfend an. Müh-len-stra-ße? Billy lässt die ersten Takte von »Supreme« laufen, fährt den Lautstärkeregler etwas herunter und säuselt: »Bitte melde dich! Die Pia hat sich ganz doll in dich verknallt und will dich unbedingt wiedersehen.« Die Musik wird lauter. Und wieder leiser. »Wenn du uns *jetzt* hörst, melde dich! Melde dich bei Pia Jacobi!« Nach einer spannenden halben Minute folgt erotischverschwörerisches Flüstern: »Per E-Mail an Pia underscore Jacobi at yahoo.de.« Dann endlich lässt sie Robbie Williams singen. The best men are married, my best friends are gay, there's no love in town. Im Flur klingelt das Telefon. *Hall-loho! Pia! Hier ist Billy, Sie sind auf Sen-dung. Wollen wir nicht ein paar persönliche Worte an Ihren Silvesterschatz richten? Das wär doch was. Da wird er sich aber freuen, Ihr Silvesterschatz.* Mit einem zunehmend unguten Gefühl hebt Pia ab. Es ist Belle.

»Ich war's nicht.«

Bedrohliches Schweigen.

»Ich war's wirklich nicht. Ich schwör's.«

»Wer dann?«

»Deine ulkige Schwester vielleicht.«

»Die würde sich Ricky Martin wünschen. No one wants to be lonely oder so was.« Es muss Belle gewesen sein. »Seit wann hörst du ›Herz an Herz‹?«

»Ach, hier dudelt doch immer dieses Stadtradio, weißt du doch.«

Ein Grund, den Sonntagabend nicht im Solarium zu verbringen. Und nicht in der Nähe seines Küchenradios.

»Ruf sie doch an und frag sie.«

Elisa sagt erst einmal nichts und druckst kleinlaut herum.

»Ich wollte dir doch bloß helfen.«

»Toll. Das ist wirklich toll geworden.«

»Ich wusste doch nicht, dass das so ausartet.«

»Was dachtest du dann?«

»Ich hab das doch vorher auch noch nie gehört, ich wusste doch nicht ...«

»Was?«

»Dass das so 'ne bescheuerte Sendung ist.«

»Und sich ganz Düsseldorf halbkrank lacht, weil ich ganz doll verliebt bin und bei dieser lästigen Billy anrufe.«

Halli-Hallo, ich bin verliebt. Ich weiß zwar nicht in wen und er weiß es auch nicht, aber Billy wird es allen sagen.

»Elisa, du spinnst doch!«

»Ich konnte doch nicht ahnen, dass die deinen Namen nennen. Ich dachte, die leiten das nur weiter.«

»Dachte, dachte, dachte, was du alles dachtest.«

»Ich dachte ja auch, du kriegst das gar nicht mit.«

»Jetzt stell dir mal vor, der hört diesen Schwachsinn.«

Elisa tut ganz verzweifelt, dann schimmert etwas Hoffnung in ihrer Stimme. »Aber wenn er sich jetzt meldet, ist er doch sowieso schon unten durch.«

»Wer bei Billy anruft, auch.«

»Dann weißt du wenigstens, woran du bist.« Dass es einer ist, an den zu denken sich nicht lohnt. Dass er entweder den Sonntagabend im Solarium verbringt oder mit seinem Schatz freiwillig Billy hört.

»Ausgerechnet Robbie Williams.«

»The sexiest man alive, er ist zum dritten Mal gewählt worden.«

»Na und?«

»Und du trällerst das doch immer.«

Jetzt nicht mehr.

Aus dem Radio flötet Billys enthusiastische Stimme, mit der sie zu jeder vollen Stunde auch ihr Infotainment bringt, Nachrichten wie mit Puderzucker präsentiert. Wie viele Autos wieder im Nebel ineinander gerast und mit wie viel Toten beim Erdbeben in Indien diesmal zu rechnen sei. Nun aber erst mal zu den »Liebessternen, Ihrem Horoskop für sinnliche Stunden«.

»Glückskind der Woche ist …« – alle mal herhören, die Spannung steigt – »Der Schütze!«

M-mh! Der Schütze.

»Amor gibt Ihren Gefühlen einen Schubs und lässt Sie wie auf Wolken schweben. Neun von zehn Kuschelpunkten.«

Pechvogel des Tages ist … Ihr Küchenradio. Zehn von zehn Bruchpunkten.

Auf dem Independent-Sender läuft Guns ’n Roses.

Am nächsten Morgen kommt eine Mail von Elisa.

Date sent: Mon, 18. Feb 08:02
From: Elisa Jacobi <elisa.jacobi@t-online.de>
To: Pia Jacobi <pia_jacobi@cobishop.com>
Subject: 103,4

Hallo, tut mir echt Leid!
Viele liebe Grüße,
deine Elisa

Date sent: Mon, 18. Feb 09:17
From: Pia Jacobi <pia_jacobi@cobishop.com
To: Elisa Jacobi <elisa.jacobi@t-online.de>
Subject: 103,4

Halli-Hallo Elisa! Dreimal die vier, viermal die fünf, die Nummer für alle, die etwas auf dem Herzen haben! »Sorry. Just sorry.« Von Tracy Chapman? Bin mir nicht sicher, aber Billy wird es sicher wissen.

Mit megaherzlichen Grüßen, immer, deine Pia

Date sent: Tue, 19. Feb 08:15
From: Elisa Jacobi <elisa.jacobi@t-online.de>
To: Pia Jacobi <pia_jacobi@cobishop.com>
Subject: Halli-Hallo

Hat er sich gemeldet?
I'm sorry, sorry!
Deine Janis Joplin

Date sent: Wed, 20. Feb 09:00
From: Pia Jacobi <pia_jacobi@cobishop.com>
To: Elisa Jacobi <elisa.jacobi@t-online.de>
Subject: Hall-lo!

Elisa, nerv mich nicht. Er hat sich *nicht* gemeldet.

Gott sei Dank. Oder leider? Seine bunten Augen machen mich so sentimental. ;-)

Pia

Date sent: Fri, 22. Feb 19:28
From: Elisa Jacobi <elisa.jacobi@t-online.de>
To: Pia Jacobi <pia_jacobi@yahoo.de>
Subject: Seine bunten Augen

Hast du eine zweite Annonce aufgegeben?

Viel Glück, Elisa

Date sent: Sat, 23. Feb 14:07
From: Pia Jacobi <pia_jacobi@yahoo.de>
To: Elisa Jacobi <elisa.jacobi@t-online.de>
Subject: Rheinische Zeitung vom 23. 02.

Verschiedenes:

Lomi-Workshop, Hawaiianische Tempelmassage, mit Körper und Seele wieder ins Leben fließen.

Silvester. Mühlenstraße. Crashtest Dummy.

Würde mich gern bei Ihnen bedanken. Pia_Jacobi@yahoo.de

Wer geht mit meinem Hund spazieren?

Gruß, Pia

Date sent: Sat, 23. Feb 18:34
From: Elisa Jacobi <elisa.jacobi@t-online.de>
To: Pia Jacobi <pia_jacobi@yahoo.de>
Subject: Britney

Und was machen wir mit Ruth?

Gruß, Elisa

Date sent: Sun, 24. Feb 11:08
From: Pia Jacobi <pia_jacobi@yahoo.de>
To: Elisa Jacobi <elisa.jacobi@t-online.de>
Subject: Ruth

Ich fahr gleich mal vorbei.

Du wirst mich an Wiedemanns Blutbuche finden.

Gruß, Pia

Das Garagentor offen, Bernhards Wagen parkt auch nicht auf der Straße. Ruth pusselt in der Küche herum. Sie trägt das mauvefarbene Kleid, das sie schon lange nicht getragen hat, und ein bisschen Make-up, was sie selten tut. Kaum zu erkennenden Lippenstift, einen Hauch von Perlmutt. Sie schneidet einen Blumenstrauß zurecht, Gerbera in rot-orange-gelben Farben.

»Erwartest du Besuch?«

Ruth lacht. Sie trägt die Vase ins Wohnzimmer und platziert sie auf einem Tischchen in der Ecke zwischen den beiden Sofas. Sie läuft zurück in die Küche, um Kaffee zu kochen. Und plappert in einem fort. Sie hat den Garten umgegraben und die Büsche gestutzt und das Haus und siebzehn Fenster geputzt. Haus und Fenster sind immer geputzt, diesmal aber besonders gründlich. »Ich hoffe, dass der Frühling kommt, wenn der Frühjahrsputz gemacht ist.« Sie lacht etwas hilflos, Pia grinst verlegen.

»Ich habe einen kleinen Igel im Garten gefunden. Er war völlig durcheinander. Du hättest ihn mal sehen sollen. Es war ja so warm und da ist er viel zu früh aus seinem Winterschlaf erwacht. Er wusste gar nicht, was los war.«

Draußen hört man ein Auto durch den Moosweg fahren. Es könnte ein Mercedes sein.

»Ich habe ihm kleine Apfelschnitzchen gegeben, Igel mögen doch Äpfel, oder?«

Das Geräusch zieht vorbei.

»Sie mögen doch Obst, oder nicht?«

Pia zuckt mit den Schultern.

»Er hat sich ganz gierig darüber hergemacht und dann hab ich ihn nicht mehr gesehen, er ist verschwunden.« Versonnen wirft Ruth einen Blick in den Garten. »Und im Keller! Meine Güte, der Keller! Ich hatte doch so viele Johannisbeeren und so viel Johannisbeergelee. Alles verschimmelt! Das musst du dir mal vorstellen. So viel Johannisbeergelee und alles verschimmelt.« Sie schüttelt den Kopf. »Keine Ahnung, wie das kommt. Aber ihr mögt ja sowieso kein Johannisbeergelee.«

Sie lacht. Zu oft, zu lange und zu laut. Pia rutscht ungemütlich auf dem Sofa hin und her und holt Luft. Ich muss dir was sagen. Aber ich weiß nicht, wie ich es dir sagen soll. »Hör mal, ich …«

»Wie geht's denn Elisa? Hast du was von ihr gehört? Weißt du, was sie macht?«

»Es geht ihr gut.«

Es geht ihr sogar *sehr* gut. Sie hat damit nichts zu tun, sie hält sich hier fein raus und wartet, bis ich an Wiedemanns Buche hänge. Ruth nickt zufrieden.

Pia versucht einen zweiten Anlauf. »Ich wollte …«

»Moment!«

Ruth springt auf und rennt in die Küche. So ist es immer. Sie plappert und plappert, und wenn sie einem einen Knopf an die Backe gequatscht hat, steht sie bei der Verabschiedung auf der Straße, wickelt sich fröstelnd in ihre blaue Strickjacke und sagt: »Du hast ja gar nichts erzählt.«

Während Pia unter ihrem Buchstabensalat auf dem Sofa begraben liegt, bis man sie, ein paar Millionen Jahre später, zu einem Fossil petrifiziert wie diese kleinen Fliegen in Bernstein, ausgraben und ihren Mageninhalt überprüfen wird. Man wird Kaffee und Vanillekipferl finden, was die wissenschaftliche These erhärtet, dass wir uns alle von Kaffee und Vanillekipferl ernährt haben. Man müsste Ruth fesseln und knebeln, wenn sie mal eine Minute zuhören soll, anders ist ihrer Logorrhöe nicht beizukommen.

Ruth kommt zurück und stopft umständlich ein Taschentuch in den Schlitz zwischen Armlehne und Polster. Das ist die Gelegenheit.

»Hör mal, weshalb ich eigentlich hier bin ...«

Ruth springt wieder auf und wirft von oben einen prüfenden Blick in Pias Kaffeetasse. Sie ist fast voll.

»Möchtest du noch Kaffee?«

»Nein!«

»Ich mach uns schnell noch einen.«

Sie huscht links durch die Tür und in die Küche, klappert mit den Schranktüren und lässt Wasser laufen. Dann hört man das »fff-lupp« von ihrem Gasherd. Ruth brüht den Kaffee immer frisch auf, ihre Kaffeemaschine benutzt sie nie, das Wasser ist nicht »heiß« genug. Dann kehrt sie rechts herum mit der Kanne zurück und füllt Pias kalten Kaffee mit heißem auf. Immer rennt sie links herum in die Küche und kommt rechts heraus, ständig im Kreis, wie ein Hirtenhund.

Sie lässt sich in ihren Sessel fallen, legt die Hände in den Schoß und ... schweigt. Pia auch. Wenn sie etwas sagen will, das Ruth nicht gefällt, oder wenn Ruth beschlossen hat, bestimmte Dinge nicht hören zu wollen, springt sie auf und geht Kaffee kochen oder spülen oder kiloweise Orangen auspressen. Ihre fast schon sture Art, Dinge, die ihr nicht gefallen, aus ihrer kleinen Welt auszublenden.

Ihre Welt ist in Ordnung, solange die Krokusse im Garten blühen und die Fenster ihrer Puppenstube geputzt sind, den Rest der Welt, den hinter ihrem Gartenzaun, lässt sie sich von Günther Jauch erklären. Sie liebt seine Quiz-Show und findet es toll, wenn Herr F. aus A. sagen kann, wo die ehemalige UdSSR im Jahre neunzehnhundertzweiundsechzig ihre Raketen stationieren wollte und ob der erste russische Satellit Sputnik, Sowjetnik, Robotnik oder gar Spocknik hieß, beziehungsweise Herr F. aus A. jemanden kennt, den man in M. anrufen kann, der das dann sagen kann. Oder welcher unserer heimischen Vögel in der Lage ist, ein Handy zu imitieren. A) Die Amsel, B) Der Star, C) Die Meise oder D) Die Taube?

Ruth freut sich, wenn jemand über die 2000-Euro-Frage hinauskommt, während Bernhard, der kleine Schlaumeier zu Hause auf dem Sofa, immer alles besser weiß. Was denn das zum Beispiel für selten dämliche Fragen sind, ob eine Andrea Bocelli zu *den* Drei Tenören gehört. Günther Jauch liebt Ruth sowieso, weil er immer »so gut angezogen« und »so ein netter Junge« ist.

Was geht es Pia überhaupt an? Soll Bernhard doch treffen, wen er will, und soll Ruth ihr Haus putzen, so lange es ihr passt. Pia ist die Einzige, die Unordnung hineinbringt. Sie trinkt ihren Kaffee, greift nach ihrem Autoschlüssel und will sich erheben. Mit traurigen Augen sieht Ruth über den Tisch und sagt: »Ich weiß.« Pia sinkt auf das Sofa zurück.

Sie weiß? Bernhards Flucht nach vorn? Oder hat er es sagen müssen, nachdem Ruth durch einen dummen Zufall davon erfahren hat?

»Hat er …?«

Ruth springt auf und stellt die Vase mit den Blumen in den Flur.

Hotmail

Willkommen zu Yahoo!Mail. Sie haben zwei neue und zwei ungelesene Nachrichten in Ihrem Postfach.

Date sent: Sun, 24. Feb 15:43
From: Stefan Sebald <stefan.sebald@web.net>
To: Pia Jacobi <pia_jacobi@yahoo.de>
Subject: Missing

Ich glaube, ich habe meine grauen Wollhandschuhe im Burghof liegen lassen. Sie haben sie nicht zufällig gefunden und mitgenommen?

STn, Stefan

Date Sent: Sun, 24. Feb 16:59
From: Johann Wagner <johann.wagner@redcross.org.pg>
To: Pia Jacobi <pia_jacobi@yahoo.de>
Subject: What's up in good old Germany?

Hi, Pia, hab lange nichts von mir hoeren lassen, ich weiss. Hier geht es drunter und drueber. Noch ein halbes Jahr, dann ist mein Einsatz beendet. Ich will zurueck nach Europa, eventuell nach Genf. Vielleicht muss ich vorher noch nach Timor. Ruf doch mal an, ich ruf zurueck. Ab 23 Uhr MEZ? Dann ist es hier acht Uhr morgens. Wir können ein bisschen quatschen. Meine Nummer hast du. Vorwahl 00676. Stell schon mal ein Sixpack kalt.

Cheers. Johann

Date Sent: Sun, 24. Feb 23:07
From: Pia Jacobi <pia_jacobi@yahoo.de>
To: Johann Wagner <johann.wagner@redcross.org.pg>
Subject: What's up in Papua Niugini?

Hi, Johanniter, kann es sein, dass irgendwas mit deiner Nummer nicht stimmt? Hab gerade versucht, dich zu erreichen, bin auch durchgekommen, und wo auch immer, im Busch, oder wo, gelandet? Ich hab's ein paar Mal versucht, immer hatte ich jemanden dran, der außer »Hallo« nix verstand, das aber unglaublich lustig fand und aus dem Kichern gar nicht mehr herauskam. Ich glaube, er oder sie haben auch »Hallo« nicht verstanden und mich bloß nachgeäfft. Beim dritten Mal hatte sich, so schien mir, ein ganzes Dorf versammelt, um mir »Hallo« zu sagen, nur du nicht. What's so funny over there? Ich probier's morgen noch mal.

Gute Nacht,
Guten Morgen,
Pia

PS: Deine Mail ist hier um 16:59 eingegangen. Was machst du mitten in der Nacht um 01:59 am Computer?

Date sent: Sun, 24. Feb 23:55
From: Johann Wagner <johann.wagner@redcross.org.pg>
To: Pia Jacobi <pia_jacobi@yahoo.de>
Subject: Huhu!

Pia, ich hab mich bei der Vorwahl vertippt: Du hast versehentlich in Tonga angerufen und mit deinen Anrufen wahrscheinlich eine Art Volksfest auf dem Dorfplatz ausgeloest. Sie freuen sich wie die Kinder, wenn das Telefon klingelt und einer dran ist, vollkommen egal, ob sie ihn verstehen oder nicht. Wusstest du, dass vier Milliarden ueberhaupt kein Telefon haben? Sie werden sooo traurig sein, dass du nicht mehr anrufst.

Also, auf ein Neues, Papua: 00675.

N8!

Johann

PS: Port Moresby ist zwar modern, aber nicht wirklich eine Stadt für heisse Naechte, vom Klima mal abgesehen. Ich surfe nachts durch die Gegend und vergesse die Zeit.

Date Sent: Mon, 25. Feb 00:05
From: Jean-Pierre Hiver <jeanpierre.hiver@hotmail.com>
To: Pia Jacobi <pia jacobi@yahoo.de>
Subject: Radio-Show vom 17.02.

Chère Pia, wie schön, dass Sie Ihrem Herz gegeben einen Schubs. Auch ich habe Schicksal gespürt, als Sie in meinen Armen, Herz an Herz. Ich bin so froh, dass Sie wieder gut sind.

Herzliche Bisous von Ihrem Jean-Pierre

Belle lacht sich krank. »Ein Franzose!«

»War es ein Franzose?«

»Keine Ahnung. Kann auch ein Franzose gewesen sein.«

»Dass ihr euch aber auch an nix erinnern könnt.«

»Kannst du ja auch nicht.«

»Ich war ohnmächtig und zufällig nicht ansprechbar.«

»Und Flo und ich waren blau.«

»Was ja fast dasselbe ist.«

»Was willst du jetzt machen?«

»Nichts, das ist doch alles todpeinlich, ach, ich weiß nicht.« Mit dem Hörer in der Hand wandert Pia in ihrem Büro auf und ab. »Ich hab wenig Lust, in Kneipen auf den Falschen zu warten.« Und wieder einen langweiligen Abend mit einem zu verbringen, der wer weiß was für Handschuhe trägt und es wieder nicht ist.

»Bist du denn nicht neugierig?«

»Doch.«

»Dann lad ihn ein.«

Soll Elisa ihn doch einladen. Oder Billy. Nur für euch: Jacques Brel oder Gilbert Bécaud. Ne me quitte pas.

»Das kann wer weiß wer sein. Wer weiß, was für Spinner da draußen herumlaufen. Du hast doch mal so Mails gekriegt, von einem, wie nannte der sich noch mal?«

»Nightmaredjango.«

»Ja, und?«

»Nix und. Irgendein Perverser mit wirren Phantasien. Schickte immer so obszönes Zeug, dieser ... Ich hab mein Postfach gesperrt und seine Mails direkt in den Papierkorb geleitet. Das war's dann, mehr kam nicht.«

»Und ich hab einen Franzosen in der Bude, der es gar nicht ist.«

Belle lacht. »Dann gib ihn mir.« Ein Franzose ist doch gar nicht schlecht. Als »Boy of the week« oder »Catch of the day«.

Belle überlegt einen Moment. »Sie in meinen Armen ..., froh, dass Sie wieder gut sind, das kann doch sonst niemand wissen. Das kann doch nur wissen, wer an dem Abend tatsächlich dabei war.«

Und wenn er's tatsächlich ist? Und am Sonntagabend rein zufällig Billy gehört hat? Wird er den Teufel tun und sich melden. Er wird alles daransetzen, dass ihm dieser hysterische Kitsch erspart bleibt, nie mehr erste Hilfe leisten und jeden, der aus welchen Gründen auch immer, wo auch immer, hilflos herumliegt, einfach seinem Elend überlassen. Sehen, dass er Land gewinnt. Da ist er einmal hilfsbereiter als die anderen, schon hat er ein hoffnungslos romantisches Schneewittchen am Hals, das sich auch noch ein ganz und gar schauderhaftes Lied »Für dich!« wünscht.

Außerdem sieht es furchtbar aus. Blass. Stumpfe, fahle

Haare. Furchtbar blass und furchtbar stumpfe, fahle, straßenköterblonde Haare. Die Pia im Spiegel verzieht ihr Gesicht zu einer hässlichen Grimasse.

»Mach dir nichts draus. Ende Februar sieht jeder schrecklich aus.«

»Danke, Belle. Das lässt hoffen.«

Date sent: Tue, 26. Feb 00:32
From: Jean-Pierre Hiver <jeanpierre.hiver@hotmail.com>
To: Pia Jacobi <pia_jacobi@yahoo.de>
Subject: Herz an Herz

Chère Pia. Vielleicht denken Sie, ich bin ein bisschen gaga, aber ich kann nicht schlafen wegen Ihnen. Erst, weil ich Sie im Auge verloren habe und dann, weil Sie im Radio! Und dann, weil ich nicht wusste, was und wie ich Ihnen schreiben soll. Und jetzt, noch immer nicht, weil ich nichts von Ihnen höre. Wahrscheinlich haben Sie noch nicht Ihre Mailbox gesehen, aber ich will Ihnen noch eine gute Nacht wünschen.

Bonne nuit, Jean-Pierre

Jean-Pierre, ich muss gestehen, dass nicht ich, sondern meine Schwester bei dieser Sendung angerufen hat und mir das alles ganz furchtbar peinlich ist. Können wir noch mal von vorn anfangen, uns das allererste Mal treffen? Ich möchte mich noch einmal in Sie verlieben. Ich denke Tag und Nacht an Sie.

Date sent: Wed, 27. Feb 21:07
From: Pia Jacobi <pia_jacobi@yahoo.de>
To: Jean-Pierre Hiver <jeanpierre.hiver@hotmail.com>
Subject: Radio-Show vom 17. 02.

Hallo Jean-Pierre, ich muss gestehen, dass nicht ich, sondern meine Schwester in dieser Sendung angerufen hat und alles ein furchtbares Missverständnis ist. Ich hoffe, Sie nehmen mir das Ganze nicht allzu übel.

Au revoir, Pia

Date sent: Sun, 03. Mar 22:34
From: Jean-Pierre Hiver <jeanpierre.hiver@hotmail.com>
To: Pia Jacobi <pia_jacobi@yahoo.de>
Subject: C'est la vie?

Chère Pia, nach Ihrer Mail vom 27. Februar wollte ich mich eigentlich nicht mehr melden, aber ich finde ein komisches Missverständnis und komme mir komisch vor. Ich wollte Ihnen sicher nicht näher treten und meine dummen Mails tun mir Leid, pardon! Vielleicht, Sie haben im Radio nur einen Scherz gemacht, einen Scherz mit einem dummen Jungen. Vielleicht, comment dire …, er hat etwas gesehen, das er nicht sehen sollte.

Trotzdem, ich freue mich, dass Ihnen nichts passiert ist. Sie hatten sehr viel Glück! Ich dachte, ich habe auch Glück, weil Sie gefallen direkt auf *meine* Füße, aber anscheinend ist es nicht so. Dommage. Ich dachte …

Ich wünsche Ihnen alles Gute. Grüßen Sie Ihren Schutzengel. Und fahren Sie nie schneller als er fliegen kann.

Je vous embrasse. Une deuxième, dernière fois.

Jean-Pierre

Date sent: Mon, 04. Mar 08:12
From: Pia Jacobi <pia_jacobi@yahoo.de>
To: Jean-Pierre Hiver <jeanpierre.hiver@hotmail.com>
Subject: Silvester

Cher Jean-Pierre, Sie sind mir nicht zu nahe getreten, das mit dem Radio ist einfach nur saudumm gelaufen. Ich hatte gehofft, Ihnen nachträglich auf diesem Wege für Ihre Hilfe zu danken, an dem Abend bin ich ja nicht mehr dazu gekommen. Es tut mir Leid, dass plötzlich alles so schnell ging und wir Sie einfach haben stehen lassen. Ich hatte auch eine Annonce in der Zeitung, aber es hat sich nur der Falsche gemeldet. Dann kam meine Schwester auf die Idee, bei dieser Billy anzurufen. Sie hat mir davon nichts gesagt und wusste angeblich nicht, in welche Show sie gerät.

Ich muss zugeben, so ganz sicher, dass *Sie* es sind, bin ich nicht. Falls aber doch: Noch einmal ganz herzlichen Dank, dass Sie sich so nett um mich gekümmert haben. Und sorry für die missglückte Aktion im Radio, für mich ist die ganze Sache doch noch viel peinlicher, schließlich waren nicht Sie, sondern ich im Radio.

Ich wünsche Ihnen, wenn auch sehr verspätet, ein frohes neues Jahr und viel Glück.

Herzliche Grüße,

Pia

Date sent: Tue, 05. Mar 06:31
From: Jean-Pierre Hiver <jeanpierre.hiver@hotmail.com>
To: Pia Jacobi <pia_jacobi@yahoo.de>
Subject: Silvester

Ma chère, Sie wissen nicht, ob *ich* es bin? Aber ich weiß, dass *Sie* es sind. Sie waren mit einem schrottreifen Rad unterwegs, sind mit einem Salto abgestiegen, mir direkt auf die Füße gefallen, an der Ecke mit dem Buchladen. Sie hatten ein Loch über dem linken Auge und waren ziemlich in Unordnung. Ich habe Sie aufgehalten und gefragt, ob Sie noch klar sind und Sie haben mich gesehen

und sind in Ohnmacht gefallen. Ich hoffe, nicht vor Entsetzen. Et puis ... wirklich ein Missverständnis?
Jean-Pierre

Date sent: Tue, 05. Mar 12:30
From: Pia Jacobi <pia_jacobi@yahoo.de>
To: Jean-Pierre Hiver <jeanpierre.hiver@hotmail.com>
Subject: Et puis ...

Cher Jean-Pierre, bin ich wieder zu mir gekommen. Eine Freundin von mir hat mit Ihnen geredet und mich mit ihrem Auto nach Hause gefahren.

Und Sie? Was haben Sie gemacht?
Pia

Date sent: Tue, 05. Mar 13:55
From: Jean-Pierre Hiver <jeanpierre.hiver@hotmail.com>
To: Pia Jacobi <pia_jacobi@yahoo.de>
Subject: Ein Test?

Salut Pia, Ihre Freundin, oui. Aber Ihr Freund war auch dabei, *er* hat mit mir geredet. Et puis, Sie sind mit einem Taxi ins Städtische Krankenhaus gefahren, um Ihren Kopf zu nähen.

Und ich? Wollen Sie das wirklich wissen?
Jean-Pierre

Date sent: Tue, 05. Mar 14:24
From: Pia Jacobi <pia_jacobi@yahoo.de>
To: Jean-Pierre Hiver <jeanpierre.hiver@hotmail.com>
Subject: Test bestanden

Und Sie?

Date sent: Tue, 05. Mar 16:07
From: Jean-Pierre Hiver <jeanpierre.hiver@hotmail.com>
To: Pia Jacobi <pia_jacobi@yahoo.de>
Subject: Ich ...

war auf dem Weg zu einer Party, als Sie gefallen auf die Straße. Ihren Salto sollten Sie noch üben, vielleicht kaufen Sie sich auch mal ein neues Fahrrad? Es war zehn vor zwölf, als Sie mit dem Taxi verschwunden sind, ich wäre sowieso zu spät gekommen und war nicht in Laune für Leute. Ich bin am Rhein spazieren gegangen und habe die ganze Zeit gedacht ... An ... Und an Ihren Freund.

Und Sie?

An Ihre bernsteinbunten Augen in Ihrem netten Gesicht.

Date sent: Tue, 05. Mar 18:11
From: Pia Jacobi <pia_jacobi@yahoo.de>
To: Jean-Pierre Hiver <jeanpierre.hiver@hotmail.com>
Subject: Une autre question

Sie sprechen so gut Deutsch.
Leben Sie in Düsseldorf?

Date sent: Tue, 05. Mar 19:19
From: Jean-Pierre Hiver <jeanpierre.hiver@hotmail.com>
To: Pia Jacobi <pia_jacobi@yahoo.de>
Subject: Une autre réponse

Oui, je travaille à Laplante, vielleicht, Sie kennen den Laden, den kleinen schicken Büroturm am Rhein?

A l'école, ich hatte viele Jahre l'allemand. Nun für zwei Jahr, ich bin in Deutschland, am Ende des Jahres, ich muss wieder zurück à Paris.

Date sent: Wed, 06. Mar 08:27
From: Pia Jacobi <pia_jacobi@yahoo.de>
To: Jean-Pierre Hiver <jeanpierre.hiver@hotmail.com>
Subject: ?

Cher Jean-Pierre, ich würde mich gern mit einem kleinen Abendessen bei Ihnen bedanken. Hätten Sie an diesem Samstag Lust und Zeit?

P.

Date sent: Wed, 06. Mar 15:29
From: Jean-Pierre Hiver <jeanpierre.hiver@hotmail.com>
To: Pia Jacobi <pia_jacobi@yahoo.de>
Subject: !

Chère Pia, chouette. Ich hoffe, Sie vergessen nicht, mir zu schicken Ihre Adresse, bevor Sie es sich wieder anders überlegen, s'il vous plaît ...? ;-)

Ich hoffe, Sie machen mit Liebe die Küche.

Bis dahin, je vous prie d'accepter mes meilleurs compliments.

J.-P.

Veuve Clicquot

Lieber Jean-Pierre, eigentlich hatte ich an ein Restaurant gedacht, aber von mir aus, ich mache die Küche, mais quoi?

Pizza à la »Trattoria«, Hamburger Pokémon, Hackbraten à la Ruth? Schnecke an Salat? Franzosen mögen doch Schnecken. Wozu kochen. Eine Riesensauerei, die sowieso misslingt. Austern und Champagner. Ça y est.

Keine Austern. Vor sechzehn Jahren, beim Schüleraustausch in Bordeaux, die erste und letzte. Weil sie zufällig in der Nähe wachsen, sich die ganze Welt darum reißt und Pias Gastfamilie auf ewig beleidigt gewesen wäre. Sie thronten auf großen Platten, große Platten auf einem hohen Gestell und blickten Pia unverwandt in die Augen. Eiskalt und glibbrig flutschte die eine den Hals hinunter, touchierte den Magen und kam im hohen Bogen wieder herausgesprungen, wobei sie die Landebahn auf der silbernen Platte nur knapp verfehlte. Nicht der richtige Start für einen Abend mit Jean-Pierre. Mit einer Auster im Auge, einem »amuse« in der »gueule«. Austern sind doch auch etwas ...?

Belle empfiehlt, sich an Marlies Möller zu orientieren, das könne so verkehrt nicht sein. Marlies Möller kocht. Am Freitagnachmittag mit Biolek, Pia soll einfach per Fax das Rezept abrufen. Eh voilà. Von Belle per E-Mail kommt eine »ganz einfache« Lammkeule und per Fax Marlies Möllers »Früchtepanaché«.

»Die Lammkeule, vom Metzger ausgelöst, ohne Knochen, ca. 1,2 Kilo ... in einem gusseisernen Bräter von allen Seiten scharf anbraten ...« Die Keule erweist sich anfangs eher schwierig als einfach, weil Belle den dazugehörenden »Bräter« nicht mitgemailt hat und das Ganze nicht so richtig in den Topf passt.

»Rotwein mit Cognac verrühren ... den offenen Bräter ins Rohr schieben.«

Das Lamm schmurgelt im »Rohr« vor sich hin. Nun zum Dessert: »Überbackene Sherry-Grapefruit & Früchtepanaché in Pergament an Walnusseis. Birnen, Bananen und Trockenobst mit Obstschnaps ...« Mangels Schnaps auch mit Campari besprenkeln? Man kann, sieht aber fies aus. Das Dessert ist gecancelt. Wie so oft in dieser Küche. Alles eingesaut und nichts auf dem Teller.

Pia steht im Badezimmer und versucht, einen Fettfleck aus der Hose zu bürsten, als es klingelt.

Eine Stunde zu früh. Die berühmte Stunde, in der sich die Gastgeberin von einem gestressten, verschwitzten Etwas zu einer souveränen Empfangsdame mausert, ein viergängiges Menü mit links herbeizaubert und dabei aussieht, als habe sie gerade nichts anderes zu tun, als gut auszusehen. Es klingelt wieder.

Pia drückt auf den Türöffner und verschwindet noch mal rasch im Bad. Bei Normalsterblichen dauert der Aufstieg in die vierte Etage einige Minuten, bis sie japsend oben angelangt sind. Pia fährt mit dem Kamm durch die Haare, tupft etwas Parfüm hinters Ohrläppchen, im Flur ertönt ein schüchternes, leises: »Hallo? Ist da jemand?« Vorsichtig tastet sich ein junges Pärchen heran. Das Mädchen im karierten Glockenrock, die langen, blonden Haare zu einem Zopf geflochten, weiße Bluse mit Strickjacke, Wollstrümpfe in Wanderschuhen. Er im Konfirmandenanzug, ordentliche, kurze Frisur, ordentlich gewienerte, schwarze Treter. Zwei gesunde, frische Gesichter, frisch wie Kernseife. Wie die mit Regen- und Sonnenschirm ausstaffierten Wettermännchen in einem Spielzeug-Schwarzwaldhäuschen. Sie sehen Pia mit einem seraphischen Strahlen in den Augen an und weichen schrittweise zurück, bis sie wieder draußen, im Treppenhaus stehen. Der Junge möchte etwas sagen, Pia kommt ihm zuvor.

»Jehova?«

Sie nicken.

»Vielen Dank. Auf Wiedersehen.«

»Wir würden uns gern ein wenig mit Ihnen unterhalten, wenn wir dürfen?« Immer zu zweit, immer spricht das Jüngelchen und immer darf das Mädchen selig lächeln und nur wenig sagen. »Dürfen wir fragen, ob Sie an Gott glauben?«

Die beiden lächeln innig. »Was glauben Sie, wenn Sie nicht an Gott glauben?«

»Dass jeder glauben soll, was er für richtig hält?« Und dass ich nicht unhöflich sein will, aber euch gleich die Tür vor der Nase zuschlagen muss, wenn eine andere Verabschiedung nicht möglich ist.

»Und was ist mit unserem Büchlein? Dürfen wir es mal dalassen?«

Pia drapiert Servietten auf Tellern, zündet die Kerzen auf dem Kronleuchter an und bereitet die Olivencrostini vor, eine wunderbare, weil küchentechnisch todsichere Angelegenheit. Sie zupft im Spiegel noch einmal an ihren Haaren herum, als es klingelt. Perfekt.

»Hi.«

Es vergehen ein paar Sekunden und sie weiß gar nicht, was sie in solch einem Moment sagen soll. Er trägt ein Hemd in sommerlichem Rosa, einem Rosa zwischen »Soft pink« und »Orchidee«, über einer dieser schwarzen Edel-Knitter-Leinenhosen. Das Hemd gibt es auch in »Eisblau« und »Indigo antik« und er weiß, dass es ihm gut steht. Er lehnt seinen ausgestreckten Arm an den Türrahmen, stellt das rechte Bein bequem über Kreuz und verharrt, als wolle er dort Wurzeln schlagen. Flo kann verdammt charmant lächeln, wenn er will.

»Darf ich nicht reinkommen?«

Ja. Ähm, nein.

Er lässt seinen Blick an ihr von oben nach unten gleiten und grinst frech. »Wie siehst'n du überhaupt aus?« Dabei kaut er in der rechten Ecke seines Unterkiefers so beknackt auf seinem Kaugummi herum. Flo fand das schon immer sexy.

Mit selbstverständlichen Schritten marschiert er an ihr vorbei ins Wohnzimmer, schließlich hat er mal hier gewohnt. Er überfliegt die gedeckte Tafel und stößt ein ironisches Pfeifen aus. Dann geht er in die Küche und hockt sich vor den Kühlschrank, um zu gucken, was es denn »sonst noch so alles« gibt.

»Champagner? Für alle Fälle?« Er angelt sich eine Flasche Bier, knackt mit dem Feuerzeug den Deckel ab und sieht sich um. »Du kochst?« Und fängt schallend an zu lachen.

»Das siehst du doch.«

Die Küche sieht aus, als habe eine Bombe eingeschlagen, aber wenn etwas Essbares dabei herauskommt, sollte es doch jedem recht sein. Mit leisem Gurgeln nimmt Flo einen tiefen Schluck aus der Flasche und mustert sie erneut.

»Warst du beim Friseur?«

Nachdem eine liebe Freundin behauptet hatte, sie sehe schrecklich aus ...

»Wirkt irgendwie komisch.«

»Ich weiß.«

Eigentlich wollte sich Pia nur ein bisschen »Glanz« ins Haar färben, »natürlich schöne Farbreflexe«, eine halbe Stunde einwirken lassen, sofort ausspülen. Leider hatte sie den Zettel vergessen, mit dem die Stadtwerke üblicherweise ankündigen, dass und wann und wie lange das Wasser abgedreht wird. Als Pia die Paste nach einer halben Stunde ausspülen wollte, plätscherten gerade noch zwei Tropfen aus dem Hahn. Sie fand noch eine Flasche Cola im Kühlschrank und versuchte, die Haare damit auszuspülen, bis das Wasser vier Stunden später, zunächst rostig braun, herausgespuckt kam. Bis dahin hatten sich natürlich schöne Farbreflexe zu stumpfem Grünspan entwickelt, der nur vom Fachmann in ein halbwegs normales Blond wieder zurückverwandelt werden konnte.

Michael alias »Mitch« freute sich, dass er endlich mal mehr machen durfte, als immer nur »Spitzen schneiden«. Seit Jahren versucht er Pia als Model für den neuesten Trend zu gewinnen und immer sagt sie mit drohendem Unterton »Wie immer«. Diesmal hatte sie sogar eingewilligt, die Haare »fransig« und »leicht stufig« zu schneiden. Voller Elan säbelte seine Schere um ihren Kopf herum. Bereits an den zentimeterlangen Schnipseln, die nacheinander den schwarzen Polyesterumhang herunter in ihren Schoß rutschten, war die Katastrophe abzusehen. »Stufig«, als hätte jemand mit der Heckenschere darin herumgehäckselt.

Unglücklich betrachtet sich Pia im Spiegel. Man kann daran herumzupfen und ziehen wie man will, es sieht einfach komisch aus. Mitch behauptet, das sei gerade in. »Aber mit deinen Haaren geht das nicht.« Sie sind zu dünn dafür. Wie Schnittlauch.

Im Wohnzimmer wirft sich Flo aufs Sofa, die Beine auf den Couchtisch, Pia sieht nervös auf die Uhr. Noch genau siebenundzwanzig Minuten, um Flo vom Sofa zu räumen, eventuell siebenundvierzig, je nach Parkplatz. Aber Flo denkt gar nicht daran.

»Wie heißt er denn, der Glückliche, der in den Genuss deiner ebenso seltenen wie seltsamen Kochkunst kommen darf?« Selbstzufrieden zündet er sich eine Zigarette an. »Wenn du sagst, wer es ist, rauche ich noch eine und verschwinde, okay?« Und noch eine und noch eine und noch eine. So ist es immer.

»Ich weiß zwar nicht, was es dich angeht, aber wenn du's unbedingt wissen willst, es ist der, der mir Silvester geholfen hat.«

»Wie? Das Pickelface?«

»Wieso Pickelface?«

»Er hatte Pickel.« Genüsslich bläst Flo Kringel in die Luft und sieht ihnen hinterher.

»Ich denk, du weißt nicht mehr, wie er aussah?«

»Nee, weiß ich auch nicht, aber an Pickel kann ich mich erinnern.«

Meine Güte, dann hatte er eben welche. In der Küche beginnt der Radiowecker zu dudeln, den sie für die Lammkeule gestellt hat. »Er ist Franzose. Kannst du dich auch daran erinnern?«

Sie geht in die Küche und stellt das Radio und den Backofen aus. Das Rezept befiehlt: »Vor dem Aufschneiden zehn Minuten im zugedeckten Bräter ruhen lassen.« Sie holt den Prosecco aus dem Kühlschrank und in gespielt ehrfürchtigem Respekt ruft Flo aus dem Wohnzimmer: »Oh là là! Ein Franzose! Meine Güte, der geht aber ran!«

Sie kommt mit der Flasche zurück, Flo findet das eine gute Idee und betrachtet das Etikett. »Den Schampus gibt's später?« Er beginnt, das Stanniol von dem Korken zu wickeln. »Ich dachte, Franzosen wollen Damen erst eine Weile verführen, bevor sie …«

»Wolltest du nicht nach der Zigarette gehen?«

»Ich wusste ja nicht, dass ein Franzose kommt.«

Geschickt lässt er den Korken knallen und schenkt zwei Gläser ein. »Den würde ich gern sehen.« Er reicht ihr ein Glas und prostet ihr zu.

»Cheers.«

»Cheers.« Pia lächelt ebenso scheinheilig zurück, du wirst schon noch sehen, was du davon hast. Wenn Jean-Pierre kommt, werde ich ihn niederknutschen, sodass du wünschst, du müsstest das nicht mit ansehen. Andächtig betrachtet Flo die aufsteigenden Perlen in seinem Glas.

»Ob das so eine gute Idee war, ihn einzuladen?«

»Ich hätte jeden eingeladen, der so nett war, mir zu helfen. Gerade wenn tausend Leute drumherum stehen, kann man froh sein, wenn einer hilft und nicht darauf hofft, dass es einer anderer tut.« Sich ein anderer bei minus acht Grad auf die Straße setzt und Silvester verpasst.

Flo nickt verständnisvoll. »Na, klar. Jeden.« Noch so Dicken, Dummen, Doofen … schönen Franzosen.

Pia spürt den Sekt aus nüchternem Magen in den Kopf steigen und schiebt die Crostini unter den Grill. Flo folgt ihr mit den Gläsern in die Küche und macht es sich auf einem der Barhocker gemütlich.

»Hoffentlich weißt du auch, was das heißt.«

»Was soll es schon heißen?« Schließlich hat er sich selbst zum Abendessen eingeladen, ihre Idee war es nicht.

»Wenn man Franzosen zu sich nach Hause einlädt, heißt das nichts anderes als: Voulez-vous coucher avec moi?«

Das ist auch schon alles, was Flo an Französisch zustande bringt. Neben »Comme ci, comme ça« und »Donne-moi un croissant, chéri«. Das hat ihm Nina Hagen beigebracht. Und »Mademoiselle Catherine Deneuve« und »oh là là« natürlich.

»Du hast was vergessen.«

Flo sieht fragend zurück.

»Es heißt: Voulez-vous coucher avec moi *ce soir.*« Und wenn du es genau wissen willst: Ja!

Flo kippt den Prosecco hinunter und schenkt gleich nach.

»Na ja, sind ja echte Aufreißer, diese kleinen Macho-Typen, im Allgemeinen ein bisschen klein geraten, aber …« Er sieht sie mit schief gelegtem Kopf an. »Um deinen Bauchnabel zu küssen, müsste es gerade noch reichen.« Pia stellt die Crostini auf den Tisch und zündet eine Kerze an. »Bist du bald fertig?«

»Fronkraisch!« Genüsslich beißt Flo in ein Crostini.

»Todlangweilige Filme, Cancan, Chanson. Toujours

l'amour …« Schmatzend sieht er sie an. »Babette, Claudette …« Stützt sein Kinn in beide Hände, sieht ihr tief in die Augen und senkt seine Stimme auf ein geheimnisvolles Niveau. »Baguette.« Nach einer besinnlichen Minute: »Es ist so romantisch, wenn sie in ihrer kleinen Ente angerappelt kommen.«

Pia sieht unter dem Tisch heimlich auf ihre Armbanduhr, Flo richtet sich wieder auf und sagt in unbeteiligtem Ton:

»Deiner kommt anscheinend gar nicht.« Er steht auf und haucht einen Handkuss auf ihre Hand. »Wollen Madame mich bitte entschuldigen für einen kleinen Moment?« Er verschwindet im Badezimmer. Im Wohnzimmer klingelt das Telefon. Jean-Pierre. Sein Auto ist auf dem Südring liegen geblieben und wird es heute wohl nicht mehr schaffen.

»Isch bin désolé.«

»Macht nichts. Ein anderes Mal vielleicht.« Sie legt den Hörer auf. Dreht sich langsam um, sieht Flo mit fragenden Augen im Flur stehen und versucht, ihre Enttäuschung nicht durchklingen zu lassen. »Ihm ist was dazwischen gekommen.«

»Schade.« Auch Flo klingt nicht sehr überzeugend. »Mach dir nichts draus, Franzosen kommen immer zu spät. Das gehört dazu.« Plötzlich fällt ihm ganz was anderes ein. »Sag mal, weshalb ich eigentlich gekommen bin, ich hab nicht zufällig mein Roskilde-T-Shirt bei dir vergessen?«

»Im Schlafzimmer, im Schrank.«

Pia zieht sich in die Küche zurück und macht sich über die Lammkeule her. Ekelhaft, das Fleisch ist kalt und vollkommen roh. Achtzig Grad kamen ihr gleich spanisch vor.

Flo ruft aus dem Schlafzimmer: »Wo denn?«

Vielleicht hätten es hundertachtzig Grad sein sollen. Vielleicht ein Druckfehler. Vielleicht hätte sie Marlies Möller ihre Haare und Mitch die Lammkeule anvertrauen sollen.

»Im Schra-hank!«

Später lässt Flo die zweite Flasche über den Boden rollen, schaut in seine leere Zigarettenschachtel und wirft sie hinterher. Bevor Pia das Rauchen aufgegeben hat, pflegte er in diesem Stadium auf ihr »Weiberkraut« zurückzugreifen, obwohl er eigentlich nur P&S oder Luckies rauchen kann. Bis auch ihre Schachtel leer war und die klassische Frage auftauchte: »Haste mal fünf Mark?«

Neuerdings gibt sich Flo spät existenzialistisch, wozu, seiner Meinung nach, eine Schachtel Nil und eine »intellektuelle« Brille mit Fensterscheiben in schwarzen Kästchen gehört, auch wenn er von Sartre und Camus noch nie etwas gelesen hat und er ansonsten einen eher eklektischen Stil pflegt. Wer weiß, vielleicht würde Sartre heute auch auf einem Kinderroller durch die Stadt fahren, gefakte Uhren und Sonnenbrillen aus Thailand importieren, Calvin-Klein-Unterhosen und den Schlüssel wie ein proletarisches Schlüsselkind an einem Bändchen um den Hals tragen. Ein Überbleibsel von seinem Ausflug an den Nürburgring. Am liebsten würde Flo immer noch mit der roten Chipkarte von Ferrari herumlaufen. VIP, VIP, wichtig.

Flo sucht sein Portemonnaie. »Lass uns nebenan in der Sandwich-Bar was essen gehen.«

Man kann sich nebeneinander auf die rot gepolsterte Bank fallen lassen und durch die großen Fenster dem blau beleuchteten Treiben an der Tankstelle gegenüber folgen. Die meisten halten für Bier, Zigaretten und Chips. Manche blättern in Zeitschriften. Andere stehen an Tischchen, trinken Kaffee aus Pappbechern, rühren mit einem Holzstäbchen gedankenverloren darin herum und sehen, den Kopf im Nacken, in den Fernseher rechts oben an der Decke. Mitternachtsnachrichten, Bilder aus aller Welt, Demonstrantenprügelei in Seattle, kein Ton.

Flo greift über Pias Teller hinweg nach der Ketchup-Flasche und schnüffelt an ihrem Hals herum.

»Ist das nicht ein bisschen nuttig?«

»Ist deins nicht ein bisschen schwül?«

»Gaultier, Le Mâle. A man and his fragrance. Rassig, sinnlich, expressiv.«

»All about Eve. Inspirierend, pulsierend, duftende Harmonie voller Erwartung.«

»Ist Gaultier schwul?«

»Keine Ahnung. War nicht Versace schwul?«

»Sind die doch alle, ist auch das Beste. Hat man keinen Ärger mehr mit Frauen.«

»Und du meinst, mit Männern ist das anders?«

»Klar.«

»Was ist eigentlich mit Jasmin?«

»Vorbei.«

»Und Belle?«

»Belle?«

»Sie findet dich süß.«

»Yep.«

Flo sucht sein Feuerzeug in der Jackentasche und hält eine Broschüre in der Hand. »Hatte ich ganz vergessen. Das lag vor deiner Tür, als ich gekommen bin.«

Das bonbonbunte Heft der Jehovas. Ein Paradies in naiver Malerei, wo Milch und Honig fließen und Blumen ewig blühen, Menschen, wie Gott sie schuf, in einer Welt, in der Katzen und Vögel einträchtig nebeneinander sitzen und nicht auf dumme Gedanken kommen. Flo sieht sich das Titelbild an und sagt: »O Gott.« Am Fenster kommt ein Jogger vorbeigelaufen. »Die machen jetzt ein Kreuzchen unter deinem Namen und kommen immer wieder.«

Noch lange kann man die Reflektoren seiner Turnschuhe auf dem Asphalt auf und ab tanzen sehen. Flo zündet sich eine Gauloise an und zeigt Pia einen Vogel.

A la carte

Date sent: Mon, 11. Mar 08:03
From: Isabelle Stern <isabelle.stern@rheinbank.de>
To: Pia Jacobi <pia_jacobi@cobishop.com>
Subject: Tête-à-Tête

Na, wie war's?
Gruß, Belle

Date sent: Mon, 11. Mar 08:25
From: Pia Jacobi <pia_jacobi@cobishop.com>
To: Isabelle Stern <isabelle.stern@rheinbank.de>
Subject: Tête-à-Tête

Er konnte nicht kommen.
Deine Lammkeule war Mist.
Gruß, Pia

Date sent: Mon, 11. Mar 08:46
From: Isabelle Stern <isabelle.stern@rheinbank.de>
To: Pia Jacobi <pia_jacobi@cobishop.com>
Subject: Lammkeule

Hab ich doch auch noch nie gemacht.
Ich komm auf dich zu.
Sorry, Belle

Auf einmal steht Bernhard im Büro. Er sieht müde aus und grau, genau so, wie es Belle beschrieben hat, für die Jahreszeit normal. Bernhard spaziert, die Hände auf dem Rücken, an der Wand entlang, immer hin und her, zum Fenster, und nach einem Blick auf den Parkplatz wieder zurück zur Tür. Dabei zieht er ein leises Pfeifen, ein monotones »Sss-Sss-Sss«, durch die Zähne. Pia knipst nervös an ihrem Kugelschreiber herum, während ihre Augen seinem Auf und Ab hinterherwandern.

»Willst du dich nicht setzen? Das macht einen ja ganz verrückt.«

»Danke. Ich steh lieber.«

Pia bohrt ihren Blick in seinen Rücken, während Bernhard aus dem Fenster sieht, und versucht in halbwegs normalem Ton zu fragen, weshalb er eigentlich gekommen ist. Um auf und ab zu tigern und sie mit seinem »Sss-Sss-Sss« zu nerven?

Er dreht sich vom Fenster weg und klatscht mit geheuchelter Energie die Hände zusammen. »Tja, ich war gerade in der Nähe und wollte doch mal schauen, wie es so läuft.« In ihrem selbst gestrickten »Kramladen«. Sein aufgesetzt freundlich-interessiertes Lächeln verunglückt zu einem angespannten Grinsen.

Pia versucht, wenigstens ein höfliches Lächeln hinzukriegen, was ebenso misslingt. »Gut.« Sie sieht sich zufrieden nickend um. »Ja.« Der Schreibtisch bricht unter Akten und Papierkram zusammen, jeden Tag kommen zwei Meter Post hinzu, das Telefon klingelt in einem fort. Aus dem Fax fällt rund um die Uhr ein Blatt nach dem anderen mit dem Vermerk »Eilt – sofort erledigen«. Asap, as soon as possible, am besten gestern, noch besser vorvorgestern. Von den E-Mails ganz zu schweigen. Und mittendrin steht jemand, der »Och, nur mal so« vorbeigekommen ist und »nur mal schauen« wollte. Jetzt hast du geschaut, jetzt kannst du auch wieder gehen.

»Ist das alles?«

Ohne ihn anzusehen, rollt sie ihren Stuhl vor den PC und beginnt einen Brief zu schreiben, den man schreiben könnte, wenn nicht der »MS-Assistant« in Form einer durchgeknallten Büroklammer über den Bildschirm rasen würde, sobald darauf zwei Wörter erscheinen, zwei ganz banale Wörter, müssen gar nicht »sehr geehrte« Wörter sein. Mit rollenden Augen kommt die Büroklammer auf einem Fahrrad angezischt, zerfällt in ein kreiselndes Atom, aus dem zwei Knopfaugen funkeln, springt in einem Salto wieder auf und blendet eine Frage ein, die man nur mit »Ja« beantworten kann: »Anscheinend möchten Sie einen Brief schreiben.« Verschmitztes Zwinkern und Klimpern hinter seiner kleinen, doofen, runden Brille: »Brauchen Sie Hilfe? Hilfe zur Erstellung eines Briefes anfordern.« Sehr geehrter MS-Assistant, E-Techs wie Juergen.de finden dich vielleicht witzig, aber ich habe schon etliche Briefe ohne dich geschrieben und möchte es auch weiterhin tun.

Bernhard streift derweil etwas unentschlossen im Zimmer umher und setzt sich dann doch. Er zieht ein Handy aus der Jackentasche und tippt mit einem Kuli eine SMS hinein. Das Handy hat er sich gleich nach Weihnachten gekauft, auch wenn er der Technik nicht hundertprozentig vertraut. Er verschickt seine SMS und fünf Minuten später telefoniert er hinterher, um zu fragen, ob sie auch angekommen ist. Ein Tick, dass etwas nicht ankommen könnte.

Er stützt seine Arme auf die Knie, stellt die Hände spitzgiebelig aneinander und beginnt, die Fingerspitzen aneinanderzuklopfen. Beim Schach hat er bewiesen, wie lange er in dieser Position verharren kann, um dann, in einigen Minuten, mit dem lettischen Gambit zu eröffnen. Pia kämpft mit dem Büroklammermännchen. Bitte »Brief erstellen ohne Hilfe«. Zwischendurch sieht sie ihren Vater kurz an. »Wenn du was sagen willst, dann sag es jetzt.«

Und hör auf, die Finger aneinander zu trommeln. Er hört tatsächlich damit auf und räuspert sich umständlich.

»Also, wo ist das Problem? Du triffst dich mit wem auch immer, Elisa und ich wissen es, und Ruth auch.« Solange du nicht wie Boris Becker endest ... Pia wartet auf den Ausdruck und sieht ihn an. Oder interessiert dich tatsächlich, was *ich* davon halte?

In unangenehmen Situationen setzt Bernhard sein typisches verschlossen-verkniffenes Gesicht auf, mit dem sich Dinge so lange aussitzen lassen, bis nervigen Inquisitoren irgendwann die Puste ausgeht.

»Eigentlich will ich davon auch nichts hören.«

Bernhard steht auf und beginnt wieder im Zimmer auf und ab zu spazieren. Pia wartet auf die Seite von Microsoft Network, Internet Explorer. Bernhard sieht aus dem Fenster. Seite kann nicht angezeigt werden. Server nicht gefunden. Bernhard sagt: »Ich weiß doch auch nicht, wie das passieren konnte.«

Msn-Startseite aktivieren. Wiederholen.

»Es interessiert mich nicht. Du kannst es Ruth erzählen, aber nicht mir.«

Bernhard sieht sie mit einer Mischung aus Verblüffung und Unsicherheit an. Server gefunden. Yahoo-hoo!

»Wo habt ihr euch kennen gelernt?«

»Im Tennisclub. Sie spielte allein an der Wand. Sie hat mich gefragt, ob ich mit ihr spielen würde, und ...« Er unterbricht sich und sieht aus dem Fenster. »Jetzt spielt *sie* mit mir.«

»Erzähl es Dr. Harry.« In seinen Jagdgründen wirst du wohl gewildert haben. Du trägst seine albernen Golfhosen, seine Armbanduhr, seine ...

Bernhard verdreht die Augen. Typisch. Ganz die Mutter, Ruth ist genauso. Eine sachliche Diskussion ist mit ihnen einfach nicht möglich.

»Was, bitte, hat jetzt Harry damit zu tun?« Auf dem Bildschirm erscheint »Der Webserver kann die von Ihnen verlangte Datei nicht finden. Prüfen Sie den URL, um sicherzustellen, dass Pfad korrekt ist.« Scheißinternet.

»Also, um es kurz zu machen: Ich bin ausgezogen.«

»In die Backstage-Garderobe von Britney Spears?«

Bernhard schüttelt irritiert den Kopf, er kennt Britney Spears überhaupt nicht.

»Ich habe mir ein kleines, möbliertes Apartment genommen. Für den Anfang.«

Pia nickt verständnisvoll. Das Larifari von »Zeit« und »sich wieder finden«. Von zweiunddreißig Ehejahren, die man nicht so einfach wegwerfen kann.

»Ihr braucht Abstand?«

Er bestätigt ihre Frage leicht erfreut.

»Bis ihr klarer seht?«

»Genau.« Schön, dass sie das versteht. Vor allem, dass nicht Bernhard, sondern auch Ruth endlich einmal klarer sehen muss. Pia lächelt ihn gespielt freundlich an. »Ja, dann macht mal. Wenn's so weit ist, kannst du ja Bescheid sagen.«

Sie lehnt sich in ihrem Stuhl zurück, faltet die Hände und zeigt mit einem Blick zur Tür, dass es dort hinausgeht.

Die Tür fliegt auf, ein Student schlüpft herein, begrüßt sie mit einem angedeuteten Lächeln und beginnt in einem Regal herumzukramen. Bernhard räuspert sich vernehmlich und meldet sich in lehrerhaftem Ton. »Können Sie nicht anklopfen?«

Der Student hält kurz inne, lächelt verwundert und kramt weiter. Auch Pia kann sich ein Lächeln nicht verkneifen.

»Hier braucht niemand anzuklopfen. Es gibt keine Geheimnisse.«

Bernhard verzieht die Mundwinkel zu einem ironischen Grinsen. »Oh, modern management. The American way, ich verstehe.«

»Du verstehst gar nichts.«

Er rutscht auf seinem Stuhl in eine gemütlich abwartende Haltung, stützt seinen Kopf nachdenklich in die Hand und betrachtet den Studenten.

»Mit Radfahren möchte ich mein Geld auch mal verdienen.«

Der Student lacht laut auf und packt einen Stapel Umschläge in seine rote Kuriertasche.

»Bye! Have a nice day!«

Bernhard sieht ihm mit säuerlicher Verachtung hinterher. »Haare haben die, nicht zu fassen.« Früher hatte man es mit verfilzten Zöpfen noch nicht einmal bis zum Sozialamt geschafft.

»Was ich dich noch fragen wollte ...« Er schiebt fast verschämt einen Zettel über den Tisch, auf den er in mühsamen, ungelenken Buchstaben eine Einkaufsliste gekrakelt hat. Er nimmt selten einen Stift in die Hand, nur, wenn es unbedingt sein muss, zum Beispiel für den aggressiven Strich, mit dem er seine Unterschrift aufs Papier fetzt und seine obligatorischen Urlaubsgrüße »aus der tief verschneiten Bergwelt«. Seine Bergwelt ist immer »tief verschneit«, auch, wenn man den Schnee auf braunen, matschigen Wiesen suchen muss und die Talabfahrt nur zu Fuß bewältigen kann.

Auf seiner Liste stehen: Eier, Butter, Milch, Pizza, Spaghetti, Spaghettisauce, Toast, Marmelade, Klopapier, Pfanne, Spüli, Schwamm. Pia muss schmunzeln, obwohl sie es gar nicht will.

»Kannst du auch nach Hause liefern?«

Eigentlich nicht, zu Hause sind die Leute nicht.

»Für dich mach ich eine Ausnahme.«

Pfannen liefert der Kramladen allerdings nicht.

Sie ergänzt Bernhards Liste um das Starter-Set von Ikea, einen Kasten Bier, Nescafé, Zucker, Pfeffer und Salz und übernimmt die Zustellung am nächsten Abend persönlich.

Die Hochhaussiedlung am Stadtrand gehört nicht gerade zu den angesagten, aber auch nicht zu den grundverkehrten Adressen. Ein Schlafstall in einem der anonymen Betontürme, eine Art Wohnriegel, quadratisch, praktisch, gut.

Inmitten der tausend Klingelknöpfe ist Bernhard der Einzige, der fein säuberlich ein Schild mit seinem Namen angebracht hat, zwischen Nr. 152 und Nr. 154, und er ist der Einzige, dessen ebenso ordentliches Schild seinen Briefkasten ziert. Wenn überhaupt, schreibt man seinen Namen mit Filzstift auf ein Pflaster und klebt es auf die Klappe. Bernhards Balkon ist einer der wenigen, auf dem keine Satellitenschüssel auf extraterrestrischen Empfang gestellt ist, und einer der wenigen, der sich nicht mit billigen Glaselementen aus dem Baumarkt als Wintergarten verkleidet und zur Rumpelkammer verkommt, wo sich Wäscheständer, aufgeweichte Umzugskartons, Bierkästen, vertrocknete Yuccas, Sonnenblumen vom letzten Sommer und sonstiger Sperrmüll stapeln.

Etwas verloren steht Bernhard auf seinem nackten Balkon und sieht in die Nacht. Ein kalter, scharfer Wind bläst ihnen ins Gesicht. Auf den Dächern der umliegenden Häuser stehen Mobilfunkmasten wie Zinnsoldaten Spalier. Hinter vielen Fenstern ist es dunkel. Aus einigen flackern blaue Fernsehbilder, in einem läuft Fußball auf unwirklich grünem Rasen, im anderen sitzt die Rama-Familie jubelnd beim Frühstück. Ein Fenster weiter läuft ein Porno. Eine Boeing der LTU dröhnt über die Einflugschneise herein, Bernhard streckt seinen Arm aus und weist mit dem Zeigefinger nach Süden. »Bei klarem Wetter kann man sogar die Spitzen des Kölner Doms sehen.«

Bernhard lässt seinen Arm sinken und zieht fröstelnd die Schultern hoch. »Lass uns reingehen.« Die Balkontür klemmt. Man muss sie links unten etwas anheben, um sie zu schließen.

Bernhard läuft in schlängelndem Zick-Zack um seine Umzugskartons herum und beginnt linkisch in der Kochnische herumzuhantieren. Er setzt einen kleinen Kochtopf mit Wasser auf den Zweiplattenkocher und löffelt Instantpulver in zwei Kaffeebecher, unsicher, ob er einen oder zwei Löffel nehmen soll. Er nimmt erst einen, dann noch einen und einen dritten und stellt die Tassen mit einer Schachtel Würfelzucker auf die Holzkiste vor seinem Klappbett. Mit verschränkten Armen stellt er sich neben den Kocher und sieht abwartend auf den Topf. Nach einigen Minuten nimmt er ihn von der Platte und hält prüfend die Hand darüber. »Kaputt.« Er zieht den Topf herüber, auf die zweite Platte. Es dauert, bis das Wasser zu kochen anfängt. Bernhard sitzt etwas steif auf seiner Schaumstoffmatratze, klimpert mit dem Teelöffel in seiner Tasse und sieht Pia mit einem unsicheren Lächeln an. Sie hockt sich im Schneidersitz auf den hässlich braunen Teppichboden und lässt ihre Augen im Zimmer umherwandern. »So hab ich auch mal angefangen.«

In einem Koch-, Wohn-, Schlaf- und Badeschrank, einem alten Polyesterschlafsack mit großen, scheußlich gelben Blumen auf scheußlichem Türkis, den Bernhard schon bei Woodstock dabei hatte und der lange auf dem Dachboden im Moosweg lag. In der »Küche« einen Karton voller Fertigsaucen und Spaghetti, die in dem viel zu kleinen Topf zu matschigen Würmern verkochen. Einem ans Regal geklemmten Strahler, der immer herunterkippt und einem beim Aufrichten die Finger versengt.

Sein Löffel hört auf, in der Tasse herumzuklimpern, und sein ansatzweise freundliches Lächeln weicht einer verbitterten Miene. »Das lässt sich ja wohl kaum vergleichen.«

Ihr ach-so-lustiges Studentenleben, während er, unfreiwillig aus seinem Haus vertrieben, in einer einsamen Strafkolonie verharren muss, bis sich Ruth wieder »einkriegt«. Nicht genug damit, er ist derjenige, der den ganzen Spaß auch noch sponsern darf. Unter leisem Fluchen versucht er, den ersten Zuckerwürfel aus der Schachtel zu fingern.

Pia sieht ihm regungslos zu. War es nicht so, dass du mit Ruth noch ein gemeinsam schweigendes Frühstück hinter dich gebracht hast und dir nichts einfiel, als sie dich schließlich fragte, was du denn jetzt vorhast? Du wolltest alles wie gewohnt weiterlaufen lassen, zwischen deinem Betthäschen und deiner lieben Frau.

»Ich glaube, ich geh jetzt besser.« Pia steht auf. Schüttelt ihr eingeschlafenes, kribbelndes Bein aus und zieht ihren Mantel an. »Und danke für den Kaffee.«

»Ach, könntest du bitte den Müll mit runternehmen?«

Pia nimmt die Tüte entgegen. Gestern gab's eine Dose Erasco Family Linsen Terrine, vorgestern Rouladen mit Kartoffelpüree, wasserbadgeeignet, im vorgefertigten Portionsteller. Scheppernd fällt seine Wohnungstür hinter ihr ins Schloss.

Die Loggia führt an namenlosen Türen und geriffelten Badezimmerscheiben vorbei, am unteren Ende gähnt ein dunkles Loch aus dem Beton, Eisenstreben ziehen rostbraune Schlieren über die Wand. Der Müllschlucker ist kaputt. Es stinkt säuerlich-bestialisch. Im Aufzug genauso, jemand hat in die Ecke gepinkelt. Unten im Erdgeschoss versperren klapprige Kinderwagen und verbeulte Fahrräder den Weg. »Betteln und Hausieren verboten«. Die Glastür mit ihrem Spinnennetz aus Drahtquadraten geht nach zweimaligem Drücken endlich auf, eine Frau, die Pia nicht weiter beachtet, kommt ihr grußlos entgegen.

Auf dem spärlich beleuchteten Spielplatz lungern ein paar Jugendliche. Sie begrüßen sich mit einem High-Five und schauen finster herüber. Auf dem Rücken ihrer schwarzen Lederjacken tragen sie das Emblem einer Taekwondo-Gang. Einer schnippt seinen Zigarettenstummel in einem glimmenden Bogen fort und geht langsam davon.

Zu Hause schenkt sich Pia ein Glas Rotwein ein und checkt ihre Mailbox.

www.yahoo-hoo! Gefunden! Willkommen zu Yahoo! Mail.

Sie haben drei neue sowie drei ungelesene Nachrichten in Ihrem Postfach. Eine von einem Absender namens <batman69@gmx.de>. Einer dieser Internetspinner wie Belles Nightmaredjango. Ein Verrückter, ein Perverser, ein Cyber-Sexmac. Einer, der irgendwo da draußen mitten in der Nacht vor seinem Computer sitzt, um in der Anonymität seine wirren Phantasien auszuleben. Einer, der Frauen aus dem Telefonbuch aussucht, um sie mit obszönen Anrufen zu belästigen, oder auf E-Mail-Adressen in der Zeitung zurückgreift.

Und, na klar, wie sollte es anders sein, eine von …

Juergen.de hat einen lustigen Piepmatz mit dem Betreff »Ruf doch mal an« für dich ausgesucht. Bitte hier klicken und Piepmatz öffnen. Endlich eine von Jean-Pierre. Wunderbares, liebes, tolles Internet.

Date sent: Mon, 11. Mar 19:39
From: Jean-Pierre Hiver <jeanpierre.hiver@hotmail.com>
To: Pia Jacobi <pia_jacobi@yahoo.de>
Subject: Voilà l'été

Ma chère, es tut mir so Leid, dass ich zu Ihrem Menu nicht kommen konnte. Es ist verflixt, schon von Anfang an, unser erstes rencontre, alles ist extraordinaire et ça continue. Immer, ich habe Ärger mit meinem Auto, eine unzuverlässige Kiste, launisch wie eine Diva. Sobald es ein bisschen regnet, sie will nicht marschieren, man muss ihr gut zureden, vielleicht sie ist beleidigt, weil ich so oft an Sie denke. Ich denke zu viel, vielleicht ist das eine fatalité, ich habe im dictionnaire nachgeschaut: vielleicht ist das mein Verhängnis?

Alors, ich hoffe, ich habe Sie nicht gesetzt en colère. Falls doch, ich hoffe, ein Lied der »Negresses Vertes« können Sie so lange lächeln lassen, bis Sie mir nicht mehr böse sind. Ich habe das Lied als Attach, klicken Sie an und verzeihen Sie mir?

Petit bisou (?)

Jean-Pierre

Date sent: Tue, 12. Mar 08:02
From: Pia Jacobi <pia_jacobi@yahoo.de>
To: Jean-Pierre Hiver <jeanpierre.hiver@hotmail.com>
Subject: :-(

Cher Jean-Pierre, natürlich verzeihe ich Ihnen nicht. Sie haben mich mit einer Lammkeule sitzen lassen, die ich ganz allein aufessen musste. Das war die erste und letzte Lammkeule, die ich gemacht habe. Und die haben Sie sich einfach so entgehen lassen ... Sie schmeckte grauenvoll. Seien Sie froh, dass Ihr Auto Sie nicht hierher gebracht hat, sonst hätten Sie mir helfen und Ihre Hälfte selber essen müssen. Im Nachhinein bin ich richtig froh, dass Sie *nicht* gekommen sind!

Die »Grünen Negerinnen« finde ich nett. Allerdings dauert es ewig, bis ich sie zu Hause hören kann. Ich habe dort nur eine Modem-Verbindung ins Net und das dauert ... und dauert ... und dauert. Man wird fast grün dabei.

:-x Pia

Date sent: Tue, 12. Mar 10:56
From: Jean-Pierre Hiver <jeanpierre.hiver@hotmail.com>
To: Pia Jacobi <pia_jacobi@yahoo.de>
Subject: :-x

Liebe Pia, mir fallen Steine vom Herzen, weil Sie mir nicht übel sind und, naturellement, weil ich Ihre Lammkeule nicht essen musste. ;-)

Wenn Sie wollen, möchte ich Sie zu einer Lammkeule einladen, die wir beide nie im Leben vergessen werden. Wenn Sie wollen, können wir mal zu Bocuse nach Lyon fahren.

Petit (?) bisou, J.P.

PS: Charmant, dass Sie meinetwegen an einer Lammkeule üben. Kleiner Tipp fürs nächste Mal: Für mich es reichen ein Bier und Erdnüsse. ;-)

Date sent: Wed, 13. Mar 08:23
From: Pia Jacobi <pia_jacobi@yahoo.de>
To: Jean-Pierre Hiver <jeanpierre.hiver@hotmail.com>
Subject: Bocuse

Bonjour, Jean-Pierre. Meinen Sie, dass es Ihre Diva bis nach Lyon schafft?

P.

Date sent: Wed, 13. Mar 14:05
From: Jean-Pierre Hiver <jeanpierre.hiver@hotmail.com>
To: Pia Jacobi <pia_jacobi@yahoo.de>
Subject: Quelle question

Bien sûr.

Date sent: Wed, 13. Mar 16:55
From: Pia Jacobi <pia_jacobi@yahoo.de>
To: Jean-Pierre Hiver <jeanpierre.hiver@hotmail.com>
Subject: Une autre question

Sie kommen aus Lyon?

Date sent: Wed, 13. Mar 22:38
From: Jean-Pierre Hiver <jeanpierre.hiver@hotmail.com>
To: Pia Jacobi <pia_jacobi@yahoo.de>
Subject: Lyon?

Non, je viens de Versailles. Glauben Sie, dass wir es schaffen, noch ein Rendezvous, bevor ich muss zurück nach France?

J.P.

Date sent: Thu, 14. Mar 07:31
From: Pia Jacobi <pia_jacobi@yahoo.de>
To: Jean-Pierre Hiver <jeanpierre.hiver@hotmail.com>
Subject: Rendezvous

Spätestens am 31. 12., 23:45, Mühlenstraße.

Vielleicht könnten wir vorher noch mal telefonieren?

P.

Date sent: Thu, 14. Mar 09:00
From: Jean-Pierre Hiver <jeanpierre.hiver@hotmail.com>
To: Pia Jacobi <pia_jacobi@yahoo.de>
Subject: Telefonieren?

Glauben Sie, das ist eine gute Idee?

Ich sehe Sie vor mir und freue mich auf jede Mail von Ihnen. Ich fühle, Sie zu kennen, obwohl ich Sie nicht kenne. Lassen Sie uns nicht telefonieren bis zu unserem Rendezvous. D'accord?

Je vous caresse, J.P.

Date sent: Thu, 14. Mar 10:45
From: Pia Jacobi <pia_jacobi@shop.com>
To: Jean-Pierre Hiver <jeanpierre.hiver@hotmail.com>
Subject: D'accord

Comme vous voulez. Vielleicht haben Sie Recht.

Date sent: Thu, 14. Mar 17:11
From: Jean-Pierre Hiver <jeanpierre.hiver@hotmail.com>
To: Pia Jacobi <pia_jacobi@yahoo.de>
Subject: Was ich schon lange fragen wollte

Können wir vielleicht mit dem »Sie« aufhören? Ich weiß, Sie werden es vielleicht nicht gern hören, aber Sie hatten mich schon geduzt, von Anfang an, schon in der Silvesternacht. Es sah auch, franchement, ganz ehrlich, so aus, als würden Sie mit mir flirten ... ;-)

Jean-Pierre

Date sent: Thu, 14. Mar 23:47
From: Pia Jacobi <pia_jacobi@yahoo.de>
To: Jean-Pierre Hiver <jeanpierre.hiver@hotmail.com>
Subject: ?

Jean-Pierre, ich habe Sie geduzt? Kann sein. Fand ich in dem Moment, nach dem ersten Schock, vielleicht praktischer, aber *flirten*? Mitten im Winter, auf der Straße, mit einem Loch im Kopf? Finden Sie das nicht etwas ungewöhnlich?

P.

Pling! Instant Message.

Date sent: Thu, 14. Mar 23:49
From: Jean-Pierre Hiver <jeanpierre.hiver@hotmail.com>
To: Pia Jacobi <pia_jacobi@yahoo.de>
Subject: Salut

Noch wach? Ich hatte mir gewünscht, dass Sie noch nicht schlafen, vielleicht noch online sind. Schicken Sie mir ein Zeichen? Tout de suite, jetzt, in ein paar Sekunden?

Antworten? Reply? Oder canceln? Ignore?
Reply.
Send.

P.: Salut
J.P.: Ich habe geträumt, nun sind Sie da.
P.: Wo waren wir stehen geblieben?
J.P.: Beim Flirten. ;-)
P.: Ach ja, auf der Straße, mit einem Loch im Kopf. Ich glaube kaum, dass dies der richtige Moment war, um zu *flirten*. Ehrlich gesagt, ich hatte einen kleinen Filmriss, anscheinend fehlt mir das *alles* entscheidende Stück.
J.P.: Une allumette allumée dans la nuit pour me rappeler en te serrant dans mes bras.
P.: Ein Streichholz angezündet in der Nacht?
J.P.: Mag mir ins Gedächtnis bringen, wenn meine Arme dich umschlingen.
P.: Sie dichten?
J.P.: Frei nach Prévert. Paris at Night. Wenn Sie wollen, ich kann Ihren Filmriss überbrücken.
P.: Und?
J.P.: Wahrscheinlich werden Sie mir sowieso nicht glauben.

P.: Und??
J.P.: Du wolltest mich küssen.
P.: Glaub ich nicht.
J.P.: D'accord, stimmt nicht. Aber fast.
P.: Was heißt »fast«?
J.P.: Schon gut. Stimmt *auch* nicht.
P.: Was stimmt dann?
J.P.: Ich hätte es gern getan.
P.: Wahrscheinlich stimmt überhaupt nichts.
J.P.: Hätte es dich gestört?
P.: Ich bin in Ohnmacht gefallen.
J.P.: Ist das eine Antwort?

Pia Jacobi ist nicht mehr online.

Date sent: Fri, 15. Mar 00:06
From: Jean-Pierre Hiver <jeanpierre.hiver@hotmail.com>
To: Pia Jacobi <pia_jacobi@yahoo.de>
Subject: Hätte es dich gestört?

Gute Nacht, du Feigling. Feiglingin?

Date Sent: Fri, 15. Mar 09:23
From: Jean-Pierre Hiver <jeanpierre.hiver@hotmail.com>
To: Pia Jacobi <pia_jacobi@yahoo.de>
Subject: SOS

Ich habe gerade erfahren, ich muss in die Zentrale nach Paris zu einer Schulung. Mein Flug geht morgen, ich bleibe ca. zwei Wochen. Können wir uns heute noch treffen, auf einen petit rouge? Kennst du das Soho? Um acht?

Jean-Pierre

Lieber Jean-Pierre, natürlich kenne ich das Soho, aber ich war noch nie drin, ich glaube, an dem petit rouge wirst du wenig Freude haben. Das Soho ist einer der neuen Läden, die auf »Berlin« machen. Das Bier ist schal und zu warm, der Putz fällt von den Wänden, nicht ganz freiwillig, man musste schon nachhelfen, von der Decke baumeln nackte Glühbirnen an bloßen Kabeln, es riecht nach Klo, und der Wein? Na ja. Aber Hauptsache »freaky«. Oder das, was man sich hier darunter vorstellt ...

Date sent: Fri, 15. Mar 09:47
From: Pia Jacobi <pia_jacobi@yahoo.de>
To: Jean-Pierre Hiver <jeanpierre.hiver@hotmail.com>
Subject: Soho

Alles klar. Um acht.
A tout à l'heure, Pia

Date Sent: Sat, 16. Mar 21:56
From: Jean-Pierre Hiver <jeanpierre.hiver@hotmail.com>
To: Pia Jacobi <pia_jacobi@yahoo.de>
Subject: Soho

Ma chère amie? Ich sitze im Hôtel à Paris und denke an dich und warum du gestern nicht bist gekommen. Ich habe bis halb neun gewartet und bin gegangen, ohne dich zu sehen. Ist das die revanche, dass ich dich mit der Lammkeule habe sitzen lassen? Ich hoffe, nicht. Ich dachte, du haettest mir verziehen?

Paris ist immer wieder schoen, aber, excuse-moi, ich habe einen kleinen Kaefer und hoffe auf Post von dir. Schickst du mir wenigstens einen kurzen Guten Tag?

Une très bonne, triste nuit, Jean-Pierre

Date sent: Sat, 16. Mar 23:30
From: Pia Jacobi <pia_jacobi@yahoo.de>
To: Jean-Pierre Hiver <jeanpierre.hiver@hotmail.com>
Subject: Soho

Mon cher ami! Immer geht es schief. Mir ist ganz was Dummes dazwischengekommen, du wirst es kaum glauben, c'est vraiment fou. Ich wollte um acht im Soho sein und vorher, auf dem Weg dahin, noch schnell etwas einkaufen ... Ich hatte das Kaufhaus kaum betreten, schon baute sich so ein Zozo vor mir auf und begrüßte mich, ganz feierlich, im Namen der Geschäftsleitung als den einmillionsten Kunden. Das allein wäre ja noch gegangen, doch ich stand auf einmal in einem Pulk von Leuten und kam nicht raus. Ich habe es versucht, aber sie haben mich nicht gelassen. Deshalb habe ich dich verpasst, für einen Einkaufsgutschein von 50 Euro und ein paar Blumen. Ich kaufe dort sonst *nie* ein.

Wäre mir nicht vorher schon die U-Bahn vor der Nase weggefahren, wäre ich vielleicht der 999912te Kunde gewesen, niemand hätte sich für mich interessiert ... und ich wäre pünktlich gewesen. Tut mir Leid, dass wir uns wieder verpasst haben, das nennt man wohl eine »Verkettung unglücklicher Umstände«.

Ciao, Pia

PS: Was machst du mit einem Käfer?

PPS: Warum ist der Kaefer kein Käfer?

Date sent: Sun, 17. Mar 08:13
From: Jean-Pierre Hiver <jeanpierre.hiver@hotmail.com>
To: Pia Jacobi <pia_jacobi@yahoo.de>
Subject: Vraiment fou

Ma chère amie, erst wollen es die Sterne, dass wir uns begegnen, eine Kette gluecklicher Umstaende. Jetzt wollen sie nicht, dass wir uns wiedersehen. Mais non, ich gebe die Hoffnung nicht auf.

J.P.

PS: Der Kaefer? C'est la France. Kein a, o, u mit Punkten auf der Tastatur. Deshalb ist der Kaefer ein Kaefer. Und das Glueck Glueck.

Date Sent: Sun, 17. Mar 13:07
From: Jean-Pierre Hiver <jeanpierre.hiver@hotmail.com>
To: Pia Jacobi <pia_jacobi@yahoo.de>
Subject: Fortsetzung folgt?

Chouchou. Vielleicht du hast Lust auf einen Livechat? Heute Abend?

Date sent: Sun, 17. Mar 15:27
From: Pia Jacobi <pia_jacobi@yahoo.de>
To: Jean-Pierre Hiver <jeanpierre.hiver@hotmail.com>
Subject: Livechat?

Ich dachte, du wolltest nicht telefonieren?

Date Sent: Sun, 17. Mar 15:42
From: Jean-Pierre Hiver <jeanpierre.hiver@hotmail.com>
To: Pia Jacobi <pia_jacobi@yahoo.de>
Subject: Nein, aber ...

Mails in real time, das ist was anderes.

Date sent: Sun, 17. Mar 16:16
From: Pia Jacobi <pia_jacobi@yahoo.de>
To: Jean-Pierre Hiver <jeanpierre.hiver@hotmail.com>
Subject: Ja, aber ...

Ich muss zu meiner Schande (?) gestehen, dass ich so was noch nie gemacht habe und gar nicht weiß, wie und wann und wo?

Date Sent: Sun, 17. Mar 16:33
From: Jean-Pierre Hiver <jeanpierre.hiver@hotmail.com>
To: Pia Jacobi <pia_jacobi@yahoo.de>
Subject: Wann und wo?

Salut Pia, du hast das noch nie gemacht? Pas de problème. Es ist ganz einfach.

Wann? Heute, 23:00 Uhr.
Wo? Komm in den Yahoo! Chat.
Ich warte auf dich im Séparée.
A bientôt.
Jean-Pierre

Date sent: Sun, 17. Mar 16:48
From: Pia Jacobi <pia_jacobi@yahoo.de>
To: Jean-Pierre Hiver <jeanpierre.hiver@hotmail.com>
Subject: Séparée?

Klingt ja gefährlich. Treffen sich da so scharfe Typen wie n8angel, Sexyhexi und Ladyinblack mit Spacecowboy, Firedragon und Sharktheshark?

Date Sent: Sun, 17. Mar 17:27
From: Jean-Pierre Hiver <jeanpierre.hiver@hotmail.com>
To: Pia Jacobi <pia_jacobi@yahoo.de>
Subject: Spacecowboy ...

und Ladyinblack bleiben draussen. Ich richte einen Raum für uns ein. Name: jeanpierre.hivers Raum. Die Groesse ist auf zwei Nutzer begrenzt, nur fuer uns, en privé. Zutritt haben nur registrierte Mitglieder, veut dire, nur du, mit meiner Einladung. Ich melde uns an. Wir sind allein. }:-)

Je t'attends.

Jean-Pierre

Date sent: Sun, 17. Mar 17:39
From: Pia Jacobi <pia_jacobi@yahoo.de>
To: Jean-Pierre Hiver <jeanpierre.hiver@hotmail.com>
Subject: jeanpierre.hivers Raum?

Wo finde ich den?

Date Sent: Sun, 17. Mar 18:05
From: Jean-Pierre Hiver <jeanpierre.hiver@hotmail.com>
To: Pia Jacobi <pia_jacobi@yahoo.de>
Subject: Ist ja suess

Du hast das echt noch nie gemacht?

Du gehst zu Yahoo! Dann auf Yahoo!Chat. Dort findest du eine komplette Raumliste. Du gehst auf »Romantik&Erotik« ... den Rest findest du dann schon von ganz allein.

Es erscheint ein dreigeteilter Bildschirm, rechts die Liste der Teilnehmer, die sich gerade in dem Raum befinden, links der Hauptbildschirm, wo alle eintreffenden Nachrichten angezeigt werden, darunter dann die Eingabezeile für dich. Dort kannst du deine Nachricht eintippen. »Senden« oder »Enter«, eh voilà, ça marche, tout simple.

Toll, nicht? Hab ich von Yahoo abgeschrieben.

Alles klar?

Sun, 17. Mar 23:03, Willkommen zu Yahoo!Chat.

J.P.: Allô?
P.: Hi!
J.P.: Schoen, dass du da bist.
P.: Ist ja schon 'n bisschen komisch.
J.P.: Das erste Mal ist immer komisch. Wie war die Fahrt? Hast du gut hergefunden?
P.: Es war wirklich kinderleicht, aber seltsam, was es alles auf dem Datenhighway gibt.
J.P.: Ja, es gibt die verschiedensten Raeume.
P.: Kennst du die »Bagger-Box«? Baggern, bis der Arzt kommt. Wer hier den Traumpartner nicht findet, ist selber schuld!
J.P.: Oder »Echte Gefuehle«. Schon die Liebe fuers Leben gefunden? Hier kein Problem!
P.: Oder die »Knutschecke«. Bitte nicht stören.
J.P.: Ich weiss, ist ganz witzig.
P.: Du kennst dich aber gut aus. Wahrscheinlich hängst du jede Nacht mit einer anderen in der Knutschecke herum.
J.P.: Nein.
P.: Das mit diesem Séparée war auch deine Idee.
J.P.: Wie findest du es denn?
P.: Ich weiß nicht. Bisschen eigenartig, findest du nicht?
J.P.: Ich finde, es hat was.
P.: Wie ist es denn?
J.P.: Rot und gold. Samt. Seidentapeten. Kristallluester. Belle Époque. Louis XIV?
P.: Ein Château.
J.P.: Eher ein Luftschloss.
P.: Und nun?
J.P.: Ich trinke Rotwein.
P.: Ich auch.
J.P.: Ich weiss, ich kann dich sehen.

P.: Une allumette allumée dans la nuit.
J.P.: Ich haette dich jetzt gerne hier.
P.: Paris at Night.
J.P.: Wir wuerden ... koennten ... sollten ... nous nous envoyons en l'air.
P.: Uns in die Luft schicken?
J.P.: Tagelang.
P.: Nächtelang.
J.P.: Habe ich schon diesen Kaefer.
P: Was machst du denn mit einem Käfer?
J.P.: Ich weiss nicht, vielleicht, weil ich in diesem Riesenhôtel, in einem von fuenfhundert Zimmern, mit Mini-Bar und neunzig Kanaelen Télévision, tout seul. Morgen muss ich auf eine Party. Es wird bestimmt langweilig ohne dich.
P.: Ja, und?
J.P.: Ich muss zugeben, es ist ein ganz schoen grosser Kaefer.
P.: Tut mir Leid, das verstehe ich nicht.
J.P.: Paris ist schoen. Schoener mit dir. Ich haette dich jetzt gerne hier. Attention! Es reimt sich.
P.: Und da tröstest du dich mit einem Käfer? Sehr schmeichelhaft für mich. ;-)
J.P.: Ich sehe gerade in meinem dictionnaire, ich meine einen Kater.
P.: Du hast seit zwei Tagen einen Kater? Verträgst du den Bordeaux nicht mehr?
J.P.: Hier steht, ein »moralischer« Kater.
P.: Oh.
J.P.: Ça m'énerve, dass ich dich vor meiner Reise nicht gesehen habe.
P.: Mich auch.
J.P.: Et ça m'énerve, dass ich dich Silvester nicht gekuesst habe, ich haette es einfach tun sollen. Manche Dinge sollte man manchmal einfach tun, n'est-ce pas?

P.: Warum hast du es nicht getan?
J.P.: Bloede Frage.
P.: Wieso?
J.P.: Eh bien ... Vielleicht ... Weil auf einmal dein Freund neben mir stand?
P.: Und?
J.P.: Er hat mich, wie sagt man? Angemacht?
P.: Wieso? Was hat er denn gesagt?
J.P.: Etwas mit pissen.
P.: Was?
J.P.: Ich weiss nicht. Wir sagen »laisser pisser le mérinos«.
P.: Das Schaf pissen lassen? Das gibt es im Deutschen nicht.
J.P.: Ihr nennt es, glaub ich, »abwarten und Tee trinken«.
P.: Meinte er vielleicht »Verpiss dich«?
J.P.: Kann sein.
P.: Oh, Entschuldigung. Das tut mir Leid.
J.P.: Mir auch.
P.: Er war blau.
J.P.: Blau?
P.: In Frankreich ist man ... grau, oder?
J.P.: Oui, grau, nicht blau. Und wie ist er sonst?
P.: Wer?
J.P.: Dein Freund.
P.: Ich will jetzt eigentlich nicht über ihn sprechen.
J.P.: Wie ist er, wenn er nicht grau ist? Ist er oft grau?
P.: Er ist nett, eigentlich auch, wenn er grau ist.
J.P.: Ehrlich, ich hatte gehofft, er ist ein Scheusal.
P.: Er ist mein Ex.
J.P.: Das sah aber nicht so aus.
P.: Copains, was man so »gute Freunde« nennt.
J.P.: Das gibt's nicht. Kein Typ haelt das aus.
P.: Er hat sich in meine Freundin verliebt.
J.P.: In deine Freundin?

P.: In Belle. Sie war an dem Abend auch dabei. Sie ist dir bestimmt aufgefallen.
J.P.: Sie ist belle. In sie hat er sich verliebt?
P.: Ja.
J.P.: Und du?
P.: Et toi?
J.P.: Bonne nuit, chérie.

Jean-Pierre hat das Séparée verlassen.

Who's who

Herzlich willkommen. Sie haben zwei neue sowie fünf ungelesene Nachrichten in Ihrem Postfach.

Date sent: Mon, 18. Mar 03:40
From: Yahoo! <mailbot@yahoo.com>
To: Pia Jacobi <pia_jacobi@yahoo.de>
Subject: Info

Liebes Mitglied, in Ihrer Mailbox wird eine Warnmeldung angezeigt, wenn Sie Ihr Speicherlimit erreicht haben. Sie können sich immer noch in Ihre Mailbox einloggen, E-Mails können jedoch nicht mehr eingehen. Spätestens jetzt sollten Sie Nachrichten aus Ihrer Mailbox löschen, um Platz für neue Nachrichten zu schaffen!

Wollen Sie sich die ungelesenen Nachrichten ansehen? Oder löschen? Wollen Sie <juergen.schrader@tu-essen.de> wirklich löschen? Ja. Unbedingt. Sofort.

Wollen Sie <batman69@gmx.de> löschen?

Ja.

Oder doch nicht?

Wollen Sie sich jetzt die Nachrichten von <batman69@gmx.de> anschauen?

Date sent: Mon, 11. Mar 22:32
From: batman69 <batman69@gmx.de>
To: Pia Jacobi <pia_jacobi@yahoo.de>
Subject: No subject

liebe frau jacobi! leider komme ich erst heute dazu, mich zu melden. wie schön, dass sie eine annonce aufgegeben haben, nachdem sie mich an besagtem Abend doch, wie soll ich sagen, etwas ratlos zurückgelassen hatten. ich hatte schon befürchtet, ich würde sie nie wieder sehen.

vielleicht geben sie mir ihre telefonnummer, damit ich sie einmal anrufen kann? ich hoffe, ich höre von ihnen. darf ich hoffen, bald? mit freundlichen grüßen.

Date sent: Wed, 13. Mar 03:08
From: batman69 <batman69@gmx.de>
To: Pia Jacobi <pia_jacobi@yahoo.de>
Subject: meine mail vom 11. März

liebe frau jacobi, wie geht es ihnen? warum melden sie sich nicht? würde sie gern wiedersehen. ich brauche unbedingt eine antwort von ihnen. lassen sie mich bitte nicht länger warten, auch, wenn ich lange gebraucht habe, über meinen schatten zu springen, um ihnen zu schreiben.

Date sent: Mon, 18. Mar 03:37
From: batman69 <batman69@gmx.de>
To: Pia Jacobi <pia_jacobi@yahoo.de>
Subject: No subject

liebe frau jacobi. ich warte noch immer auf ein zeichen. warum setzen sie eine annonce in die zeitung und antworten nicht? sie glauben gar nicht, wie sehr ich mich über eine nachricht von ihnen freuen würde.

Date sent: Mon, 18. Mar 08:14
From: Pia Jacobi <pia_jacobi@yahoo.de>
To: batman69 <batman69@gmx.de>
Subject: No subject

Sehr geehrter Herr … Wer immer Sie auch sind, was wollen Sie von mir?

Mit vielen Grüßen
Pia Jacobi

Date sent: Tue, 19. Mar 02:15
From: batman69 <batman69@gmx.de>
To: Pia Jacobi <pia_jacobi@yahoo.de>
Subject: No subject

sehr geehrte frau jacobi. es tut mir leid, wenn ich sie mit meinen mails belästigt haben sollte. wenn sie nicht reagieren, geht es ja nicht anders. geben sie mir wenigstens ihre telefonnummer, damit wir die sache klären können.

Date sent: Tue, 19. Mar 08:12
From: Pia Jacobi <pia_jacobi@yahoo.de>
To: batman 69 <batman69@gmx.de>
Subject: No subject

Solange Sie mir nicht verraten, wer Sie sind und was Sie eigentlich von mir wollen, gebe ich Ihnen meine Telefonnummer sicherlich nicht. Was soll das?

Date sent: Tue, 19. Mar 23:55
From: batman69 <batman69@gmx.de>
To: Pia Jacobi <pia_jacobi@yahoo.de>
Subject: No subject

Sehr geehrte Frau Jacobi,

Ihre Mail vom 19. März habe ich erhalten. So kommen wir doch nicht weiter. Ich heiße Sebastian Lorenz. Ich wollte mich schlicht und ergreifend mit Ihnen in Verbindung setzen, damit wir endgültig klären können, wer die Reinigungskosten meiner Lammfelljacke bezahlt. Eventuell haben Sie eine Versicherung, die den Schaden übernimmt? Ich hoffe, noch immer, auf baldige Antwort.

Mit freundlichem Gruß

S. Lorenz

Date sent: Wed, 20. Mar 09:04
From: Pia Jacobi <pia_jacobi@yahoo.de>
To: batman 69 <batman69@gmx.de>
Subject:?

Sehr geehrter Herr Lorenz,

schön, dass Sie immerhin einen Namen haben, aber ich fürchte, Sie verwechseln mich. Schlicht und ergreifend: Wieso sollte ich die Reinigung Ihrer Jacke übernehmen?

MfG

Pia Jacobi

Date sent: Thu, 21. Mar 04:45
From: batman69 <batman69@gmx.de>
To: Pia Jacobi <pia_jacobi@yahoo.de>
Subject: Ihre Annonce vom 23.02./Crashtest Dummy

Sehr geehrte Frau Jacobi, ich kann mich nur wundern. Erst setzen Sie eine Annonce in die Zeitung, nun wollen Sie sich nicht mehr daran erinnern, dass ich mich nach Ihrem Fahrradunfall in der Silvesternacht um Ihre Erstversorgung gekümmert habe. Das ist ein starkes Stück.

Ich brauche Sie wohl nicht extra darauf hinzuweisen,

dass die ganze Geschichte nicht ganz unblutig vonstatten ging und Sie meine funkelnagelneue Lammfelljacke, ein Weihnachtsgeschenk, so gut wie ruiniert haben. Nur eine Spezialreinigung konnte sie halbwegs wieder hinkriegen. Wie Sie sich eventuell vorstellen können, ist diese nicht ganz billig.

MfG

Dr. med. S. Lorenz

Date sent: Thu, 21. Mar 07:35
From: Pia Jacobi <pia_jacobi@yahoo.de>
To: batman 69 <batman69@gmx.de>
Subject: Meine Annonce vom 23.02.

Sehr geehrter Herr Dr. Lorenz, ich fürchte, ich muss mich bei Ihnen in aller Form entschuldigen. Ich wusste nicht, dass *Sie* es waren, der mir geholfen hat. Es gibt noch jemanden, der dasselbe behauptet. Das mit Ihrer Jacke geht selbstverständlich in Ordnung. Schicken Sie mir einfach die Rechnung an die unten genannte Adresse.

Sie sind Arzt? Wieso nennen Sie sich batman69? Ein ungewöhnlicher Nickname für einen Arzt.

Und warum melden Sie sich erst jetzt?

Mit freundlichen Grüßen

Pia Jacobi

Date sent: Thu, 21. Mar 23:23
From: batman69 <batman69@gmx.de>
To: Pia Jacobi <pia_jacobi@yahoo.de>
Subject: Ihre Annonce vom 23.02.

Sehr geehrte Frau Jacobi, ich freue mich, dass die Angelegenheit nun doch noch einen erfreulichen Abschluss findet.

Am Silvesterabend hatte ich Bereitschaft im Opernhaus. Ich war nach dem Dienst gerade auf dem Weg nach Hause, als Ihr Unfall passierte, sozusagen eine Berufskrankheit, sofort zur Stelle zu sein, um zu helfen, in meiner Nähe passiert immer was, ich bin quasi immer im Dienst.

Ich selbst habe keine eigene E-Mail-Adresse, ich bin ein Technophob. Es reicht, wenn mein Sohn eine hat, deshalb batman69, anders konnte ich Sie nicht erreichen, Sie stehen ja nicht im Telefonbuch, die Auskunft konnte mir auch nicht weiterhelfen. Und eine eigene E-Mail-Adresse? Das wollte ich mir nicht antun. Bisher dachte ich auch, man müsse im »Net« immer alles klein schreiben. Sie sehen, ich bin ein richtiges Greenhorn. Aber das macht nichts.

Dummerweise hatte ich Ihre Annonce verlegt. Wochenlang habe ich sie gesucht, bis meine Frau sie Gott sei Dank doch noch gefunden hat.

Im Nachhinein kann ich Ihre Skepsis verstehen, batman 69 hätte ich meine Telefonnummer auch nicht gegeben. Doch ich habe nicht im Entferntesten daran gedacht, dass Sie an meiner Identität zweifeln könnten.

Die Rechnung habe ich Ihnen heute geschickt.

Mit freundlichen Grüßen

Sebastian Lorenz

Date sent: Fri, 22. Mar 10:31
From: Pia Jacobi <pia_jacobi@yahoo.de>
To: batman 69 <batman69@gmx.de>
Subject: Fix&Sauber

Sehr geehrter Herr Lorenz, die Rechnung habe ich gerade erhalten. Bitte schicken Sie mir noch Ihre Kontonummer, damit ich den Betrag überweisen kann.

Ich muss gestehen, ich habe Ihren batman für einen dieser maniacs gehalten, die ihre obszönen Witze durchs Netz schicken. Auch, weil Sie meist zu sehr ungewöhnlicher Zeit vor dem Computer sitzen. Warum haben Sie das mit der Jacke eigentlich nicht schon in Ihrer ersten Mail erwähnt?

Mit freundlichem Gruß

Pia Jacobi

Date sent: Fri, 22. Mar 23:56
From: batman69 <batman69@gmx.de>
To: Pia Jacobi <pia_jacobi@yahoo.de>
Subject: Meine Jacke

Sehr geehrte Frau Jacobi, ich wusste doch nicht, wer Sie sind. Ich kenne Sie ja gar nicht. Vielleicht hätten Sie sich nie mehr gemeldet, sobald Sie hören, dass Sie meine Jacke bezahlen sollen. Deshalb wollte ich unbedingt Ihre Telefonnummer, möglichst auch die Adresse, Sie sind ja nirgends eingetragen.

Außerdem war da an dem Abend, als Sie verunglückt sind, noch ein junger Mann, der mich unmissverständlich aufgefordert hat, mich zu ... nun ja, zu verschwinden. Ich möchte seine unflätigen Worte hier nicht wiederholen. Mir war nicht ganz klar, ob er zu Ihnen gehört oder nicht, aber aufgrund seiner extrem ruppigen Art dachte ich, Sie pflegen einen, mit Verlaub, etwas merkwürdigen Umgang und werden den Schaden an meiner Jacke sicherlich nicht begleichen wollen. Mich für einen jämmerlichen Spießer halten, der sich mit seiner albernen Jacke ver... soll.

Meine Mails zu nachtschlafener Zeit hängen mit meinem Dienstplan im Krankenhaus zusammen. Wenn nichts zu tun ist, kann ich mich hier, mein Sohn nennt es: »einloggen«.

Nun, da alles geklärt ist, wünsche ich Ihnen alles Gute und dass Ihnen ein solches Malheur nicht noch einmal passiert.

Mit vielen Grüßen

Sebastian Lorenz

Date sent: Sat, 23. Mar 19:22
From: Pia Jacobi <pia_jacobi@yahoo.de>
To: batman 69 <batman69@gmx.de>
Subject: Eine dumme Frage

Sehr geehrter Herr Lorenz, das Geld habe ich gerade online überwiesen.

Für meinen Freund, der Sie aufgefordert hatte, sich …, nun ja, Sie wissen schon, möchte ich mich nachträglich entschuldigen. Er hat es bestimmt nicht so gemeint. Mir selbst fehlen ein paar Minuten in der Erinnerung und ich bin ein bisschen durcheinander, weil sich, wie Sie wissen, noch ein Trittbrettfahrer gemeldet hat, der behauptet, Sie zu sein. Er tischt mir alle möglichen Geschichten auf, obwohl er an dem Abend offensichtlich nicht dabei war und nur die Annonce in der Zeitung gelesen hat. Deshalb eine letzte Frage noch, auch wenn sie Ihnen möglicherweise komisch erscheinen mag: Ich habe *nicht* mit Ihnen geflirtet, oder?

Viele Grüße,

Pia Jacobi

Date sent: Sun, 24. Mar 03:59
From: batman69 <batman69@gmx.de>
To: Pia Jacobi <pia_jacobi@yahoo.de>
Subject: Flirt?

Sehr geehrte Frau Jacobi, wie kommen Sie denn darauf?

Sie waren kurzfristig ohne Bewusstsein und hatten eine Kopfplatzwunde, die dringend genäht werden musste. Das war leider nicht der richtige Moment, um Ihnen tief in die Augen zu schauen, auch wenn es für Außenstehende vielleicht so aussah. Ich musste mich vergewissern, ob und wie Sie beieinander sind.

Alles Gute,

Ihr Sebastian Lorenz

Sehr geehrter Herr Lorenz, eine aller-, allerletzte Frage noch: Sie haben nicht zufällig bernsteinbunte Augen?

Aber, meine liebe Frau Jacobi, wie kommen Sie denn darauf?

Schlicht und ergreifend, ich als Mediziner darf Ihnen sagen, dass es bloß der Mix aus Adrenalin und Cortison ist, der Ihnen vielleicht ein nettes Gesicht mit kunterbunten Honigaugen vorgaukelt und Vanille-Erdbeeren und wer weiß, was Sie noch alles gesehen haben. So sorry, es sind bloß Stress-Hormone, die Ihren Körper im Schockzustand schützen. Ich wünsche Ihnen, dass Sie sich nicht noch einmal in einen braven, harmlosen Typen vergucken, nur weil Sie gerade auf den Kopf gefallen und vom Schock noch ein bisschen high sind. Wenn Sie wieder klar denken können und mich sehen würden, Sie kämen nie auf die Idee, sich in mich zu verlieben. Ich könnte hinter Ihnen im Supermarkt herschleichen und Ihnen in der U-Bahn direkt gegenübersitzen und lächeln, lächeln, lächeln, ich würde Ihnen noch nicht einmal auffallen.

Im Flur läutet das Telefon.

»Ach, du bist es.«

Enttäuscht spaziert Pia mit dem Telefon in ihrem Wohnzimmer herum und fängt an, die Blumen zu gießen.

»Was hattest du denn gedacht?«

Mit leicht gekränktem Unterton springt Ruths Frage durch den Hörer.

An ein nettes Gesicht, das sich in nichts auflöst. An Jean-Pierre, diesen Lügner, der nicht der ist, der er vorgibt zu sein und mich mit seinen E-Mails verrückt macht.

»Hast du nicht Lust, Ostern mal vorbeizuschauen?«

»Ich wollte Belle beim Umzug helfen, sie will nun doch nach Köln ziehen, die ewige Pendelei geht ihr auf die Nerven.«

»Muss das ausgerechnet zu Ostern sein?«

»Wann sonst? Sollen wir Urlaub nehmen?«

Bleischwer lastet Ruths Schweigen in der Leitung. Sogar das leise Knacken der Telefontakte ist zu hören.

»Möchtest du nicht mal wieder zu mir kommen? Vielleicht heute Nachmittag?«

Pias Domizil hatte ihr noch nie gefallen. Ihr missfallen die Mülltonnen und die Fahrräder im Hof, das unordentliche Klingelbrett mit dem Sammelsurium an Namen, der Werbemüll im Treppenhaus, die vier Etagen ohne Aufzug, die ihrer Ansicht nach unordentlichen Fußmatten der Nachbarn, die sie, jede einzelne, mit zusammengekniffenen Lippen begutachtet, wenn sie die weit geschwungenen einhundertvierunddreißig Stufen heraufkeucht.

Oben angelangt, ist ihre Laune nach den unerfreulichen Eindrücken bereits dermaßen auf dem Nullpunkt, dass sie den Kaffee, den ihr Pia gleich anbieten will, gar nicht mehr möchte. Sie kann sich an die »Zustände« einfach nicht gewöhnen. Dass die Treppen nur alle vier Wochen geputzt werden und sich eine Wohngemeinschaft die gesamte erste Etage teilt und ständig Leute ein- und ausziehen. Leute, die ein unordentliches Klingelbrett hinterlassen, Leute, die man nicht kennt, von denen man nicht weiß, wo sie »herkommen«.

Solange sie nett sind, ist es Pia egal, wo sie herkommen, aber für Ruth scheint es ein wichtiges Kriterium zu sein. Wiedemanns von nebenan zum Beispiel sind absolut unsympathisch, aber wenigstens weiß sie, dass sie es in Solingen auch schon waren, bevor sie in den Sechzigerjahren nach Düsseldorf zogen und einen scheußlichen Bungalow auf das angrenzende Grundstück setzten.

Und mit genau diesem Gesicht steht Ruth vor ihr, als Pia die Tür öffnet, diesem von nörgeligen Gedanken gezeichneten Gesicht. Nach einer steifen Umarmung wartet sie, bis man sie förmlich bittet »abzulegen«. Dann stapft sie in die Küche und beginnt in hausfraulichem Eifer die zwei Nylonsäcke auszupacken, die sie immer dabei hat, sobald sie das Haus verlässt, und sei es klein gefaltet, für alle Fälle, in der Manteltasche. Unsicher hantiert sie in der Küche herum und legt einen Osterzopf auf einen Teller. Sie sieht aus dem Fenster auf das gegenüberliegende Haus und stellt fest, dass keine Gardinen angebracht sind und »der« ihr immer in die Küche gucken kann. »Weißt du denn, wer das ist?«

Pia sieht hinüber und zuckt mit den Schultern.

»Keine Ahnung, ich gucke nicht in seine Küche.«

Kann sie sich nicht vorstellen, dass manche Besseres zu tun haben als anderen in ihre stinklangweiligen Küchen zu gucken?

»Was soll er schon sehen? Ob und wann ich Kaffee koche?«

An ekstatische Spielchen auf dem Küchentisch wird Ruth wohl nicht gedacht haben, obwohl es nahe liegend wäre, wenn man sich ihre, mit Gardinchen und Geranien verbarrikadierte Küche betrachtet, in die jeder gucken könnte, sofern er Zaun und Vorgarten überwindet und sich auf einen mitgebrachten Bierkasten stellt. Ruth blickt weiter zu dem Haus hinüber und schon der Haltung ihres Rückens ist anzusehen, dass sie das nicht richtig findet. Mit der imaginären Frage »Wann wirst du dir endlich eine Einbauküche kaufen?« streifen ihre Augen das Regal an der Wand, sie nimmt den Osterzopf, trägt ihn ins Wohnzimmer und bleibt unschlüssig mitten im Raum stehen.

»Stell ihn doch einfach auf den Tisch.« Pia nimmt ihr den Teller ab und stellt ihn energisch auf den Tisch, den sie in Ruths Lieblingsgelb versuchsweise österlich gedeckt hat, und schenkt Kaffee ein. Ruth hebt abwehrend die Hand.

»Für mich nicht so viel. Mit deinem Kaffee kann man Tote aufwecken.«

Ruth sieht dem Kaffee schon an, dass er zu stark ist. Kaffee, den sie nicht selbst gemacht hat, ist immer zu stark, auch wenn man nur halb so viel Pulver nimmt und eine fade Brühe in die Tasse rinnt. Und natürlich nicht heiß genug, weil Pia ihn nicht frisch aufgebrüht hat und Ruth ihn kalt werden lässt. Neuerdings heißt es, Kaffee sei gut für die Leber, Salz senke das schädliche LDL-Cholesterin, jeden Tag ein Ei und Äpfel nur geschält!

Verkrampft rutscht Ruth auf ihrem Stuhl herum und sieht sich schweigend um. Auch das spärliche Mobiliar hat ihr noch nie gefallen. Das Sofa, ein asiatischer »Reissack«, die nackten Fenster, als »Gardine« kann man die zur Dekoration drapierten Stofffetzen wohl nicht bezeichnen, das Chrom-Regal, der Glastisch, die neobarocken Spiegel, das abgeschlurfte Parkett.

»Du könntest wenigstens die Gardinen aufhängen.«

Schmetterlingsstores, Organza mit »Crashvoile«, die Ruth bei ihrem letzten Besuch vor drei Jahren mitgebracht hat.

»Warum steht eigentlich dein Fahrrad im Wohnzimmer?«

»Weil es unten geklaut wird.«

»Und warum stellst du es nicht in den Keller?«

»Weil es da auch geklaut wird.«

»Und warum ist es ein Herrenrad?«

»Mountainbikes sind so.«

»Und warum hast du unten im Hof noch dieses andere, dieses Rostding stehen?«

»Weil es *nicht* geklaut wird.«

Normalerweise pflegt Ruth in den ersten zehn Minuten ihres Besuchs die Indizien jugendlichen Leichtsinns wie ein Kriminalkommissar zu überprüfen, ihre Ermittlungen mit der Bemerkung »Wenn es dir gefällt, bitte« abzuschließen und nach einem kleinen, zerkrümelten Stück Kuchen und einer halben Tasse Kaffee zu gehen. So sehr sie in ihren eigenen vier Wänden jeden zuquatschen kann, bis ihm die Ohren abfallen, so sehr beginnt sie mit jedem Meter, den sie sich von zu Hause entfernt, zu verstummen, bis sie jenseits einer Bannmeile von einhundert Metern kaum noch einen Ton herausbringt.

Selbst der mitgebrachte Kuchen schmeckt nicht, weil er auf dem falschen Teller, dem falschen Tisch, überhaupt völlig falsch liegt. Nervös zupft Ruth an ihrem Ohr herum und rückt den Osterzopf ein paar Zentimeter weiter nach rechts. Schweigend legt sie die Hände in den Schoß und sieht Pia an. Wenn sowieso alles doof ist, kann man ruhig jedes Thema anschneiden, zum Beispiel, ob sie etwas von Bernhard gehört hat. Ruth sieht überrascht auf.

»Er hat sich ein möbliertes Apartment genommen.«

»Ich weiß.«

Ruth nickt.

»Vorübergehend.«

»Was heißt vorübergehend?«

»Nun ja. Das gibt sich.«

Wenn Britney einen alten Mann in einem alten Hochhaus nicht mehr attraktiv findet.

»Weißt du, ich habe mich erkundigt. Das ist …« Sie überlegt einen Moment. »Wie hieß das noch gleich?« Und sieht hilflos im Zimmer umher. Pia zuckt mit den Schultern.

»Midlifecrisis.«

Ruth grübelt angestrengt, dann fällt es ihr wieder ein.

»Eine dysfunktionale Impulssteuerung!«

»Eine was?«

»Ein hirnorganischer Abbauprozess, vollkommen normal bei Männern seines Alters.« Von einem unsicheren Kichern begleitet nickt Ruth mit dem Kopf. Alles kein Problem.

»Wenn es so normal ist, könnt ihr ja die eiserne Hochzeit planen.«

Vertraulich wispernd beugt sich Ruth vor.

»Da war ein großer Artikel in der Zeitung. Hast du den nicht gelesen?«

»Was für ein Artikel?«

»Na, über den Beckenbauer, weißt du doch, mit der Sekretärin auf der Weihnachtsfeier.«

Besser hätte es selbst die »Bild«-Zeitung nicht erfinden können.

»Und?«

Ruth lehnt sich wieder zurück und reckt den Kopf selbstbewusst in die Höhe.

»Dazu hat auch ein Psychologe etwas geschrieben. Der meint, das sei ganz normal, das gibt sich wieder.«

Wenn's weiter nichts ist, kann Bernhard ja froh sein, dass sich seine hirnorganischen Abbauprozesse in prominenter Gesellschaft befinden. Wenn sogar Beckenbauer und Roberto Blanco … Und wenn sogar ein Psychologe in der Zeitung etwas dazu schreibt. Über große Männer der Geschichte und ihre Hetären.

»Nun willst du warten, bis Bernhards Impulse wieder normal ticken.«

Ruths Achselzucken verrät so viel wie »Na ja« und: »Was bleibt mir denn anderes übrig?«

Pia greift nach der Kaffeekanne und Ruth legt fast reflexartig die Hand auf ihre Tasse.

»Soweit ich weiß, sind hirnorganische Abbauprozesse irreversibel.« Sie sieht ihre Mutter ironisch zwinkernd an, stellt die Kanne ab und balanciert ein weiteres Stückchen Kuchen über den Tisch zu ihrem Teller. Kaum zu glauben, dass es unter Ruths ängstlichen Augen nicht herunterfällt, kaum zu glauben, dass sie nicht sagt: Pass auf, dass es nicht herunterfällt.

»Was kaputt ist, ist kaputt.«

Wie zu einem Kind, das etwas ausgefressen hat, sagt Ruth: »Bernhard braucht Zeit.«

Pia sieht sie ungläubig an.

»Wenn du meinst.«

Ruth lächelt gütig, als wolle sie Pia die schlechten Gedanken über ihren Vater noch einmal verzeihen, und hebt ihre Handtasche vom Boden auf den Schoß. Die Tasche ist immer in ihrer Nähe, nur in Pias Wohnung verzichtet Ruth darauf, sie mit dem Riemen zusätzlich am Stuhlbein zu sichern, wie sie es im Merkblatt der Kriminalpolizei »Aktion sicherer Urlaub« gelesen hat. Ruth kramt in ihrer Tasche und schiebt ein Foto über den Tisch. Das Weihnachtsfoto. Eines der jährlich wiederkehrenden Fotos, das sie mit Selbstauslöser knipsen, wobei der erste Versuch immer misslingt, weil Bernhard zu spät zum Tannenbaum gesprungen kommt. Und nur sein komisches Gesicht zu sehen ist, weil es seiner Meinung nach viel zu früh blitzt. Zwei weit aufgerissene Kaninchenaugen in einem schiefen Gesicht. Sie haben etliche dieser Fotos, auf denen die Kinder immer größer und Lydie und die Bäume immer kleiner werden.

Pia betrachtet das Foto. Das erste Foto, auf dem Bernhard nicht lächelt. Pia gibt das Foto an Ruth zurück und sieht an ihr vorbei aus dem Fenster. Ruth sagt: »Du kannst es behalten.«

Ein weiteres Motiv in der Chronologie weihnachtlich-konservierter Standbilder. Pia steht auf und legt es in die Fotokiste zu den alten, den uralten und den ururalten Weihnachtsfotos.

Ruth knipst ihre Handtasche zu und legt beide Hände auf den Verschluss. Das Signal, dass sie jetzt gehen möchte. Sie steht auf und tritt auf den Balkon. Drückt mit ihrem Daumen prüfend in der Erde von den Buchsbäumchen im Blumenkasten herum und sagt: »Du müsstest sie mal wieder gießen.« Aus der Wohnung nebenan dröhnt laute Musik, sie hört wieder auf, Ruth blickt auf das geöffnete Fenster, hinter dem sie die Musik vermutet. »Was war das denn?«

»Der Radiowecker.«

Ruth sieht auf die winzig kleinen goldenen Zeiger ihrer winzig kleinen runden Armbanduhr. »Um diese Zeit?«

»Er hat Nachtschicht.«

Ruth zieht ihr Kinn nach oben und sagt: »Aaah-ja«, so ein missbilligendes, skeptisches »Aaah-ja«. Kein rechtschaffener Mensch liegt hierzulande tagsüber im Bett, wer nicht spätestens um neun fix und fertig angezogen ist, der ist sowieso nicht ganz koscher.

Ruth geht wieder hinein. Sie schließt sorgfältig die Balkontür hinter sich, hängt ihren Mantel über den Arm, bleibt im Flur kurz stehen, um noch einmal sicherzustellen, ob sie auch ihren Hausschlüssel dabei hat. Sie findet ihn endlich und atmet erleichtert auf. Sie gibt Pia links und rechts ein Küsschen und steigt kopfschüttelnd die Treppe hinab.

Das Orakel von Köln

Am Ostersonntag steht Flo mit einem von seinen Werbefilm-Bekannten geliehenen, schwarz lackierten Camion in aller Herrgottsfrühe vor der Tür und hupt die gesamte Straße zusammen. Gleichzeitig klingelt das Telefon, per Handy teilt er Pia mit, sie solle jetzt endlich runterkommen.

»Belle wartet. Wir sind ohnehin schon zu spät dran.«

»Moment. Zehn Minuten. Bin gerade im Internet.«

»Zeee-hn Minuten? Hast du kein ISDN?«

»Nein. Hab ich nicht. Ich habe ein supertolles Modem an einer uralten Leitung, die in zehn Minuten dreimal zusammenbricht.«

Was waren es für herrliche Zeiten, als man Liebesbriefe noch mit der Hand schrieb und parfümierte, zusammen mit den Hustelinchen in der Jackentasche mit sich herumtrug und abends unters Kopfkissen legte. Immer wieder las, im Bus, in der Mathestunde, nachts, heimlich im Schein der Taschenlampe, bis sie ganz zerknüllt waren und so aussahen, wie Liebesbriefe aussehen müssen. Im letzten Jahrhundert, als Telegrammboten durch die Stadt flogen: »Vermisse dich. Stop. Küsse deinen Erdbeermund. Stop. Bis bald. Stop.«

Und die himmelblauen Luftpostbriefe aus dem Sommerurlaub. Sonst hätte man sie gleich mit dem eigenen Auto von Viareggio nach Düsseldorf transportieren und persönlich übergeben können. Immer noch besser als auf die italienische Post zu warten, bis der Brief aus dem Sommer im Winter auf veränderte Verhältnisse und zuweilen nicht mehr ganz den richtigen Ton traf.

Als man sich nicht hätte vorstellen können, »all sein Sehnen« per E-Mail durch den Cyberspace zu jagen und die Antwort unter »C:\Word\Eigene Dateien« zu speichern.

Hallo Pia Jacobi. Sie haben zwei neue Nachrichten. Eine von diesem Jean-Pierre.

Date sent: Sat, 30. Mar 04:01
From: Jean-Pierre Hiver <jeanpierre.hiver@hotmail.com>
To: Pia Jacobi <pia_jacobi@yahoo.de>
Subject: New photos from my party

Hello! My party was absolutely amazing! I have attached my web page with new photos ...

Fotos von Jean-Pierres Party?

Scheiße! Scheiße! Scheiße! Sie hatten zwei neue Nachrichten. Eine von Jean-Pierre und eine Warnung von Yahoo. Dass man die Mail mit dem Betreff »New photos from my party« nicht aufmachen soll, aber Infos von Yahoo hat sie noch nie gelesen.

»Das kommt davon.« Flo findet es amüsant.

»Und was passiert jetzt?«

»Es frisst sich durch dein Adressbuch und schickt jedem dieses Ding mit dem Virus.«

»Und warum hab ich es von Jean-Pierre?«

»Weil er diese Mail bekommen hat und du in seinem Adressbuch stehst.«

»Das heißt ... du kriegst es jetzt von mir?«

»Mmh.«

»Und Elisa und Belle? Marlene, Andrea und Sophie ...? Es frisst die Adressbücher von Elisa und Belle ...? Und dann immer weiter ... Das ist ja entsetzlich.«

»Das ist genial. Irgendwann sind alle Rechner platt.« Flo

grinst genüsslich vor sich hin. »Wenn man sie nicht aufmacht, passiert nix. Ich glaube kaum, dass jemand darauf hereinfällt.«

Nur ein naives Dummchen in D., eines der letzten, das bei Fotos von Jean-Pierre an Fotos von Jean-Pierre denkt.

Flo ist ausgesprochen aufgeräumter Stimmung. Er fährt bei Dunkelrot über die Ampel, zwitschert eines seiner zwei munteren Liedchen und begrüßt Belle mit einem Kuss. »Guten Morgen, Sternchen.« Und Belle sagt »Hi, Flo!« Mit diesem gewissen Timbre, das Flo so unglaublich, wahn-sin-nig sexy findet, dass er es in stillen Momenten, allein und heimlich, mit verrucht-verwegenem Blick, wie Alain Delon in seinen besten Zeiten, vor seinem Badezimmerspiegel wiederholt. »Hi! Flll-o!« So dunkel und verraucht, das »l« so herauslllt und das »o« so besonders rund aus Belles kirschrotem Mund fällt.

Immer wenn bei ihr eine neue amouröse Epoche beginnt, hat sie eine neue Frisur, schwarz und raspelkurz. Flll-o meint, es steht ihr gut. Flll-lo sieht sowieso immer so aus, als käme er gerade aus dem Bett. Jeden Morgen muss er lange daran herumstylen.

Belle sieht Pia an und sagt: »Du siehst müde aus.« Und Pia zu Belle: »Du auch.« Belle richtet ihren Schlafzimmerblick auf Flo und antwortet mit einem zweideutigen Lachen.

Als sie Belles Krempel aus ihrer Wohnung heruntertragen und im Wagen verstauen, hält sie kurz inne und fragt: »Ich hoffe, es stört dich nicht?«

Pia zuckt mit den Schultern.

»Mich? Wieso sollte es.«

»Hätt ja sein können.«

Flo schlägt die Türen zu und schwingt sich ans Steuer, Belle rutscht in die Mitte und zieht beide Beine auf den Sitz. Sie hängt fast auf Flos Schoß und fragt Pia, ganz im Ernst: »Hast du auch genug Platz?« Bei ihrem logistischen Talent könnten sich mindestens noch drei Ersatzspieler mit auf die Vorderbank quetschen. Flo kramt eine Kassette aus dem Seitenfach und schiebt sie in den Recorder. Neil Young and Crazy Horse, ein Bootleg aus der Olympiahalle von München. Der alte Mann und das Pferd.

»Genial.« Genüsslich paffen sie ihre Frühstückszigarette und Belle stellt fest, dass man einen super Blick von hier oben hat. Sie hätte Lust, um die ganze Welt zu juckeln. Nicht bloß nach Köln. »Und anhalten, wo es einem gerade gefällt.«

Am Ende der Straße taucht ein Schilderwald auf: Rechtsabbieger auf die Autobahn nach Köln, bitte einordnen, Linksabbieger auf die Autobahn nach Köln, einfädeln lassen. Flo fragt: »Soll ich die links- oder rechtsrheinische nehmen?« Oh, take me home. Oh, country road.

Belles neue Wohnung liegt in einem schmucklosen Kasten aus den Fünfzigerjahren, mit genormten viereckigen Fenstern, gesprenkelten Mortadella-Fliesen und einem spillerigen Geländer im Treppenhaus, an einer vierspurigen Hauptverkehrsstraße, in unmittelbarer Nachbarschaft eines gigantischen Plattenladens, Sexy-World und eines Internet-Cafés, open 24 hours. Zwischen Pfand- und Leihhäusern, Gold und Tand und billigen Ramschläden, asiatischen, türkischen, deutschen Imbissbuden, die sich nahtlos aneinander reihen. Polynesische Hähnchen, Satayspießchen mit Erdnusssauce, Ananas-Mango-Salat, Vegetarisches in Kokosmilch aus dem Wok, Döner, Currywurst mit Pommes. Döner. Wurst. Ein kleiner türkisch-arabisch-asiatischer Multi-Kulti-Laden mit Obst und Gemüse, im Angebot Wassermelonen und kleine Gurken, »Wassermillion« und »Minikorken« in wackeligen Buchstaben.

Im Erdgeschoss von Belles neuer Adresse ein Drogeriemarkt, nebenan ein Fitness-Club »Fit & Fun« und eine Sonnen-Fingernagel-Kombination »Sun & Nails«.

Flo flucht über den viel zu kleinen Fahrstuhl und Belles viel zu großes Bett und fragt: »Hättest du nicht woanders hinziehen können?«

»Ich bin froh, dass ich diese Wohnung überhaupt gekriegt habe.«

Belle hatte es zunächst auf die normale, liebe, nette, völlig treudoofe Art mit dem Studium von Anzeigen im Mietmarkt probiert und relativ schnell kapiert, dass Wohnungen, die man beim gemütlichen Frühstück am Samstagmorgen in der Zeitung findet, schon lange nicht mehr aktuell sind. Diese Wohnungen in dunklen Kanälen verschwinden, genau in dem Moment, in dem ein Anzeigen-Hansel bei der Zeitung davon erfährt.

Dann verbrachte Belle eine Nacht mit einem Schlafsack vor dem Verlag, um das erste, noch druckfrische Exemplar zu ergattern. Wie die Hyänen rissen sie sich gegenseitig die Zeitung aus den Händen und mussten sich Gott sei Dank nicht auch noch um die einzige Telefonzelle prügeln, die der erste dann mutwillig demolierte, sondern konnten via Handy den armen Ahnungslosen, die eine Wohnung zu vermieten hatten, ab vier Uhr den Anrufbeantworter voll quatschen, wobei man am besten eine halbe Stunde quatscht, weil dann das Band voll ist und kein anderer mehr draufpasst, um seine Nummer für den erbetenen Rückruf zu hinterlassen.

Ein paar Mal reihte sich Belle in die Besichtigungskarawane zum Casting ein und ließ sich jeden Sonntagmorgen in einer Schlange von fünfzig Leuten eine Zwei-Zimmer-Wohnung erklären. Während Normalsesshafte nach einem netten Brunch in die Kunsthalle gingen, bewunderte Belle ein Anderthalb-Quadratmeter-Badezimmer.

Schließlich landete Belle bei den Zetteln, die in allen Farben an jeder Ampel und jedem Zigarettenautomaten hängen. Belle hatte zwei Varianten: einmal den »erfolgreichen

Single mit gesichertem Einkommen, ohne Hund, Katze, Kind. Nichtraucher, zuverlässig und ruhig. Belohnung 2000 Euro« und die Mitleidstour mit dem »netten jungen Paar, bald zu dritt, sucht dringend geeignetes Dach über dem Kopf, gerne auch renovierungsbedürftig«.

Weder der Single noch das junge Paar bekamen eine Antwort. An den Ampeln wurde fleißig mitgeboten. Schon am nächsten Tag waren Belles Zettel von anderen Zetteln überwuchert und auch die 2000 Euro konnten andere noch toppen. Besonders perfide Mitbieter schlichen nachts durch die Straßen und entfernten die kleinen Abreiß-Schnipsel, auf denen die Telefonnummer des Konkurrenten stand, sodass niemand den zuverlässigen Single oder die nette Familie anrufen konnte, selbst wenn er gewollt hätte. Letztendlich musste Belle die 2000 Euro wohl oder übel einem Makler spenden, der, wie auch immer, diese Fifties-Bude im Bahnhofsviertel auftun konnte: 3 ZKB, 80 qm, Tiefgaragenstellplatz, Schallschutzfenster, Teppichboden neu.

Wände und Türen frisch gestrichen. Es riecht muffig und nach Farbe. Belle reißt als Erstes die Fenster auf und breitet eine sehr englisch wirkende Picknickdecke auf dem Boden aus. Sie stellt einen absolut authentisch englischen Picknickkorb darauf und beginnt in einem ihrer hundert Kartons zu kramen. Auf jedem steht in dicken Filzstiftbuchstaben etwas geschrieben, das wieder durchgestrichen und in anderer Farbe wieder überschrieben und wieder durchgestrichen und wieder überschrieben ist. Belle weiß schon gar nicht mehr, wo was ist.

»Wohnzimmerschrank« (durchgestrichen), »Küche« (durchgestrichen), »Krimskrams«. Den keiner braucht, aber auch nicht wegwerfen oder in einen dieser alten Setzkasten setzen will. Souvenirs aus aller Welt. Eine Streichholzschachtel aus einem Kitsch-Hotel in San Luis Obispo, ein Do-not-disturb-Schild aus Koh Samui, jede Menge Glückskäfer in allen erdenklichen Größen zu allen möglichen Anlässen, getrocknete Rosen und sonstige sentimentale Devotionalien. Eine Fotogalerie in runden, ovalen, eckigen Bilderrähmchen, aus denen ihre Gameboys grinsen. Die Belle wie andere Leute Hirschgeweihe an die Wand überm Sofa, auf der Fensterbank postiert.

Im Karton »Küche« (durchgestrichen), »Schlafen« (durchgestrichen), »Bad« findet Belle, was sie sucht. Teller, Gläser, Besteck, Servietten. In ihrem Picknickkorb einen Camembert, zwei Flaschen Rotwein, Birnen, Nüsse, Weintrauben, eine italienische Salami, Parmaschinken, Oliven und Grissini. Sie rückt den Kübel mit dem mannshohen Ficus heran und sieht sich in ihrem neuen Wohnzimmer um. »Eigentlich sollte man es so lassen, wie es ist. Man muss sich gar nicht die ganze Bude voll stellen.« Sie verteilt die Teller und Flo zerlegt den Camembert in handliche Dreiecke. Beim Anblick der Spanschachtel und dem Wort »Fromage«, das auf den Deckel gebrannt ist, zuckt ein mühsam beherrschtes Grinsen in seinem Mundwinkel. »Sag mal, was ist eigentlich mit deinem Franz?« Er hält Pia ein Stückchen Camembert hin.

»Franz?«

»Hieß er nicht François? Der Franzmann?«

Belle kichert in ihr Weinglas. »Enchanté. Isch 'eiße Jean. Du kannst 'ansss zu mir sagen.« Und Flo haucht, mit übertrieben französischem Akzent: »'ansss-Wurrrs-t. Belle, was heißt Wurst?«

»Saucisse. Isch 'eiße Jean-Saucisse.«

»Jean-Saucisse Hiver.«

»'ansss-Petärrr Wintärrr.«

Sie brechen fast zusammen.

»Ihr seid ja so witzig, wirklich.«

Belle klimpert mit ihrem Glas an die zwei anderen. »La vie est belle, les femmes sont chères ... A la vôtre.« Und zu Pia:

»Et ton Jean-Pierre.« Flo sagt: »Patati, patata« und »Türlüt-tü-tü«, spontane Phantasielaute, die seiner Meinung nach absolut französisch klingen, wie »ta-tü-ta-ta« und »ta-cka-macka-tu« oder »Isch bin so frei, isch 'abe gar keine wuatüre«. Belle prustet ihren Wein ins Glas und kriegt sich gar nicht mehr ein.

»Jean-Pierre schickt Gedichte.«

Flo sagt: »Ach, Gottchen.«

Pia setzt ihr Glas mit einem Knall aufs Tablett. »Er ist es nicht.«

Belle und Flo schauen sie erschrocken-erstaunt an.

Belle sagt: »Wie?«

Flo: »Er ist es nicht?«

»Er ist es nicht.«

Belle: »Könntest du dich vielleicht mal etwas genauer ausdrücken?«

»Es ist nicht der, den ich gesucht habe. Ich weiß nicht, wer er ist, der von der Silvesternacht ist es jedenfalls nicht.«

»Woher willst du das wissen?«

»Weil sich der Richtige inzwischen gemeldet hat.«

»Und? Hast du dich schon mit ihm getroffen?«

»Nein.«

Flo sagt: »Und wer ist dann Jean-Pierre?«

»Das wüsste ich auch gern.«

Belle lacht. »Juergen.de.«

»Ach, Quatsch. Ausgerechnet.« Pia schüttelt den Kopf. »Meinst du, es ist einer, der mich kennt?«

»Warum nicht?«

»Aber doch nicht Jürgen.«

»Könnt ich mir schon vorstellen. Tanja hat mal so Andeutungen gemacht ...«

»Was für Andeutungen?«

»Dass er ..., nun ja, dass ...«

Flo fällt Belle ins Wort. »Er dich toll findet, basta.«

Pia lacht. »Der kann doch kein Französisch.«

»Aber Tanja, sie hat mal ein Jahr dort gelebt.« Belle zieht bedeutungsvoll ihre Augenbrauen nach oben.

»Und woher weiß er das alles? Was in der Silvesternacht gelaufen ist?«

»Ich hab's ihm erzählt.«

Pia sieht Flo verblüfft an. »Du hast es ihm erzählt? Wie kommst du denn dazu?«

»Ich hab ihn mal mit Tanja beim Squash getroffen, sie haben da so eine neue Halle im Gewerbepark-West.«

»Ja, und?«

»Ja, nun.«

Pia ist kurz davor, ihn zu schütteln. Muss man dir denn jedes Wort aus der Nase ziehen? Flo holt tief Luft und wirkt etwas genervt.

»Später waren wir in der Sauna und haben ein bisschen geredet.«

Nervös trommeln ihre Finger auf ihrem Knie herum.

»So Männergepräche.«

Und was *sind* Männergespräche?

»Er hat nach dir gefragt und mich ausgequetscht. Ob du 'nen Freund hast und so. Und da hab ich's ihm erzählt. Dass du diesen Silvestermann wiedersehen möchtest, und ...«

»Und?«

»Dass ich nicht glaube, dass er sich melden wird, weil ich ihn so angeraunzt habe.«

»Du hast wirklich gesagt, er soll sich ver...?«

Flo verdreht die Augen und sagt in zerknirschtem Ton: »Ja! Ich weiß, das war nicht nett.«

»Nicht nett? Es war unmöglich.«

»Es ist mir so rausgerutscht, ich weiß auch nicht, warum.« Flo zieht die Schultern hoch und schüttelt entschuldigend den Kopf. »Tut mir Leid.«

»Zu spät.«

»Er wird's überleben.«

Pia steht auf und beginnt im Zimmer umherzuwandern.

»Ich versteh das alles nicht. Ich versteh nicht, was er davon hat. Was soll das? Mir als Jean-Pierre diese Mails zu schicken.«

Belle lacht. »Das ist doch klar.«

»Gar nichts ist klar.«

»Er kann mit dir flirten, das würdest du doch mit ihm nie tun.«

Flo sagt: »Würde er sich vielleicht auch gar nicht trauen.«

Belle: »Diese Computerfuzzis sind ja manchmal recht verschroben.«

Flo: »Ich fand ihn auch ein bisschen verklemmt.«

Pia sieht ihn an. Was man von dir ja nicht gerade behaupten kann.

Belle fahndet im Karton »Wohnen/Bücher« (durchgestrichen), »Schuhe« nach dem »Gummibärchen-Orakel«, das ihr mal jemand aus Quatsch geschenkt hat, und entdeckt im Karton »Küche« (durchgestrichen), »Bad« eine Tüte Goldbären. Sie hält Pia die Tüte hin. »Wollen wir doch mal gucken, was aus dir und diesem Jürgen-Jean-Pierre wird.«

Sie zwingt Pia, mit geschlossenen Augen fünf Gummibärchen zu ziehen, Pia erwischt fünf gelbe. Belle blättert in ihrem Buch und zieht die Stirn kraus. »Geld und Karriere: Top. Liebe: Flop.«

Pia muss lachen. »So ein Blödsinn.« Fünf gelbe können auch heißen, dass Flo die weißen und roten schon weggefressen hat. Sie sieht Belle grübelnd an. »Und wie will er aus der Nummer je wieder rauskommen?«

Belle sagt: »Vielleicht hat er mehr Phantasie, als man meint.«

Und Flo: »Vielleicht ist er ganz nett.«

Belle legt sich auf den Rücken, ihren Kopf in Flos Schoß, ein Bein angewinkelt auf dem Boden, das andere darüber, und verlangt nach einer Zigarette. Flo hat sich gerade eine angezündet und reicht sie ihr. Flo teilt seine letzte Zigarette mit Belle, ein ebenso verwirrendes wie ernst zu nehmendes Zeichen. Genau, wie die Selbstverständlichkeit, mit der Belle das Roskilde-T-Shirt tragen darf. Sein sentimentalstes Erinnerungsstück. Auch wenn er froh ist, dass er nicht mehr mit dem Rucksack durch Europa trampen muss, um auf verschlammten Wiesen zu campieren, in einem klammen Schlafsack aufzuwachen und sich zum Frühstück, im Zelt hockend, mit einem Blechlöffel Thunfisch auf Toast und Aprikosenmarmelade auf Schwarzbrot zu häufen. Und es heute gar nicht »bourgeois«, sondern richtig cool findet, in Düsseldorf ein bisschen herumzuschnöseln. Trotzdem hängt er an diesem T-Shirt, der Erinnerung an »wilde« Zeiten. Keep on rockin', Rock 'n' Roll will never die. Dass es eine wie Belle überhaupt anfassen darf.

»Ich geh mal eben Zigaretten holen.« Als die Tür hinter Flo ins Schloss fällt, sieht Pia zu Belle: »Catch of the day? Oder boy of the week?« Belle lacht. »Mal sehn.« Und beginnt das Bett aufzubauen. Alles andere hat Zeit.

Belle und Flo albern herum und lassen sich erschöpft in die Matratzen fallen und als Pia fragt, ob sie was dagegen haben, dass sie mal kurz rübergeht, ins Internetcafé, haben sie nichts dagegen.

Fünfhundert Bildschirme, lange Reihen wie in einer Legebatterie, einer neben dem anderen, auf zwei Etagen.

Get your UserID and log in, 24 hours/7 days a week, whenever, wherever, valid for 28 days. Take a password whatever and start. Teenies, Touristen, Backpacker aus umliegenden Jugendherbergen, völlig übermüdet, gestrandet am Hauptbahnhof, hacken mit vier flinken Fingern ein SOS online nach Tromsø, Salerno, Jerez. »Handy gesperrt, weiß gar nicht, wie ich das aushalten soll. Werde verrückt ohne Handy, kannst du dir bestimmt vorstellen. Mache mir einen

Kopf wegen Per, Pietro, Pedro. Vermisse ihn. Er mich auch? Besichtigen gleich den Dom. Irgendwie habe ich Heimweh, irgendwie aber auch nicht, irgendwie komisch. Habe kein Geld mehr. Deutschland ist teuer und sehr ordentlich. Fahre morgen zurück. Schätze, bin in zwei Tagen zu Hause. Wie war das Sommerfest? War er auch da?«

www.yahoo.de. In Ihrer Mailbox sind eine neue sowie zwei ungelesene Nachrichten.

Date sent: Sat, 30. Mar 00:15
From: Yahoo! <mailbot@yahoo.com>
To: Alle Mitglieder von Yahoo! <members@yahoo.com>
Subject: Info

Liebes Mitglied, Hallöchen, wie geht's?
Hoffentlich hat es Sie nicht erwischt!
In den vergangenen Wochen sorgten immer wieder Viren für immense Aufregung. Zum Beispiel Nimda, ein Virus der Spezies Wurm, der sich rasend schnell via Mail, Netzwerke und Websites verbreitet. Andere Viren tarnen sich als Umfrage. Auch vor einem neuen Virus namens »W32.Myparty mm« wird gewarnt. Viren-Experten zufolge versendet sich der Virus mit der Betreffzeile »New photos from my party« selbständig an alle E-Mail-Adressen weiter, die er in den Mail-Verzeichnissen des befallenen Rechners finden kann. Momentan schwirren derart viele Viren, Falschmeldungen und Kettenbriefe durchs Netz, dass wir uns diesmal darauf beschränken müssen, Sie auf weiterführende Links zu verweisen, bei denen Sie weitere, hilfreiche Informationen finden können. Erste Hilfe bei Viren-Befall leistet das Fix-Tool von Trend Micro, das Sie hier finden. Zu guter Letzt: Öffnen Sie niemals ein Attachment, das Ihnen unaufgefordert zugesandt wurde!

Mit freundlichen Grüßen,
Ihr Yahoo!-Deutschland-Team

Plötzlich steht Flo neben ihr, legt seine Hand auf ihre Schulter und versucht einen neugierigen Blick auf den Bildschirm zu werfen. Pling! Vielen Dank für Ihren Besuch bei Yahoo! Ihre Mailbox ist jetzt geschlossen.

Flo nimmt die Hand von ihrer Schulter, weicht einen Schritt zurück und weist auf die fünf großen Uhren an der Wand. New York, Los Angeles, Tokio, Sydney. In Tokio geht gerade die Sonne auf, in Köln ist es in wenigen Minuten acht. Flo sagt: »Wir müssen.«

»Ich will mich schnell noch von Belle verabschieden.«

»Okay. Ich warte unten.«

Belle öffnet die Tür und zieht den Gürtel ihres Kimonos fest. In dem Aschenbecher, den sie in einem Hotel in Brüssel geklaut hat, kokeln Räucherstäbchen. Ein Potpourri aus Limette-Lavendel übertüncht den Geruch nach leerer Wohnung und frischer Farbe. Im Ficus hängt eine Lichterkette, Kerzen flackern in bunten Gläsern, der Sundowner-Sound der neuen Café-Del-Mar-CD wabert durchs Zimmer, mitten in der Stadt hat Belle einen Samtstrand. Unten auf der Straße hupt jemand. Dreimal kurz, dreimal lang. Belle sagt: »Eigentlich schade.«

»Schade, was?«

»Ihr habt so gut zusammengepasst.«

»Gut, dass ihr das alle so genau wisst. Das hat Elisa auch schon gesagt.«

»Was?«

»Dass Flo gut zu mir passt.«

Auf der Rückfahrt ist Flo ungewöhnlich schweigsam. Mit ihm lässt es sich gut schweigen, einfach nur so, ohne dass es unangenehm wird oder schwer oder so was. Dass man unbedingt etwas sagen müsste, irgendwas vor sich hinplappern. So was wie »Sind die Schuhe neu?« oder »Ich hätte den Pulli vielleicht doch mitnehmen sollen.«

Er wechselt von der linken auf die rechte Spur, stellt den Tempomat auf achtzig Stundenkilometer, zieht das linke Bein auf den Sitz, den Arm darauf, das Kinn in die Hand gestützt, sieht mit fernem Blick vor sich hin. Nach einer Weile, ohne sie anzusehen: »So könnte man wirklich um die Welt reisen.«

Mit ihm könnte man gut um die Welt reisen, mit ihm kann man überhaupt ziemlich vieles gut machen.

An der nächsten Autobahntankstelle steht einer mit einem großen Rucksack und einem Pappschild in der Hand, auf dem Weg nach Neuss. Flo hält an und fragt, ob er mitfahren will. Er steigt hinten ein, wirft sich und seinen Rucksack auf die Rückbank und plaudert da hinten vor sich hin. Dass ihn eine Zeitarbeitsfirma in ganz Deutschland vermittelt. Dass er für die nächsten sechs Wochen einen Job in Neuss hat, und dann, mal sehn. Dass er auch schon in Kiel, Erfurt und Mannheim war. Aus Regensburg kommt und durch Deutschland tingelt. Flo stubst die Kassette in den Recorder, der hinten beugt sich nach vorn und sagt: »Hey, geil, ey, Neil Young.« Flo dreht den Rückspiegel so lange, bis er ihm ins Gesicht sehen kann.

»Yep.«

Er raucht zu viel. Der alte Mann am Lagerfeuer erzählt die Story vom Pferd.

Date sent: Sun, 31. Mar 09:34
From: Jürgen Schrader <juergen.schrader@tu-essen.de>
To: Pia Jacobi <pia_jacobi@yahoo.de>
Subject: Fotos von der Party

Hey, hallo Pia.

Ich hab von dir diesen Virus gekriegt. Ich mach ihn aber nicht auf. So blöd kann doch echt keiner sein.

Ist deine Festplatte jetzt im Eimer? Soll ich vorbeikommen?

Gruß, Jürgen

Date sent: Mon, 01. Apr 09:53
From: Pia Jacobi <pia_jacobi@cobishop.com>
To: Jürgen Schrader <juergen.schrader@tu-essen.de>
Subject: Fotos von der Party

Jürgen, ich war leider so blöd. Ich weiß nicht, ob alles im Eimer ist. Zum Glück habe ich noch einen PC im Büro. Ich sitze gerade an meinem Schreibtisch und habe deine Mail gelesen, obwohl ich den Ostermontag nicht unbedingt hier verbringen wollte. Aber ich hab ohnehin noch einiges zu tun.

Nett, dass du vorbeikommen willst, ich hab schon einen dieser Computerexperten bestellt. Einen dieser Schamanen, der sich meinen Computer zu Hause mal anschauen und eventuell verloren gegangene Daten noch retten kann. Was soll's. Die Festplatte musste ohnehin mal aufgeräumt werden. ;-)

Gruß, Pia

Date Sent: Mon, 01. Apr 09:57
From: Jean-Pierre Hiver <jeanpierre.hiver@hotmail.com>
To: Pia Jacobi <pia_jacobi@yahoo.de>
Subject: Ça va?

Lange nichts von dir gehört. Ich bin zurück aus Paris. Schickst du wenigstens einen kurzen Guten Tag?

Jean-Pierre

Date Sent: Mon, 01. Apr 10:06
From: Pia Jacobi <pia_jacobi@yahoo.de>
To: Jean-Pierre Hiver <jeanpierre.hiver@hotmail.com>
Subject: Ça va

Jean-Pierre, in der letzten Woche war ich drei Tage nicht online. Erst keine Verbindung mit Arcor, Fehler 678. Weitere Informationen? Nicht verstanden. Endlich: Verbindung. Msn-Server nicht gefunden. Möglicherweise sind technische Schwierigkeiten aufgetreten oder Sie sollten die Browsereinstellungen überprüfen. Stellen Sie mit Hilfe Ihres Netzwerkadministrators sicher, dass die aktuellen Einstellungen richtig sind. Mit freundlichen Grüßen, Ihr Internet Explorer.

Einen Tag später: Arcor, gefunden. Msn, gefunden. Yahoo, nicht gefunden.

Noch einen Tag später: Wegen Wartungs- und Erweiterungsarbeiten an unseren Systemen stehen einzelne Dienste nicht zur Verfügung. Mit freundlichen Grüßen …

Zu guter Letzt hat mir irgendein Trottel einen Virus geschickt. Ich war zu blöd und zu neugierig und habe das Ding aufgemacht. Momentan gehe ich für jede Mail in mein Büro.

Nun geht es endlich. Wie geht es dir?

Pia

Date Sent: Mon, 01. Apr 11:33
From: Jean-Pierre Hiver <jeanpierre.hiver@hotmail.com>
To: Pia Jacobi <pia_jacobi@yahoo.de>
Subject: Mein liebes ... Schnubblmäuschen!

In Paris ich habe an uns gedacht voller Sehnsucht Tag und Nacht. Ich konnte mich kaum stoppen, nicht jede Stunde ins Internet zu gehen, um meine Mailbox abzufragen, immer in der Hoffnung auf einen Gruß von dir. Und dann die Enttäuschung: keine Nachricht von pia_jacobi@yahoo.de. Ich kann mich auf nichts konzentrieren, von der Schulung habe ich so gut wie nichts mitgekriegt. Was nicht weiter schlimm ist, wir saßen da sowieso nur herum und ließen uns berieseln.

Ich freue mich auf jede Mail von dir, und seien es nur ein paar Worte. Nun, es ist ein komisches Gefühl, ich habe ein bisschen Angst, wenn wir uns treffen. Vielleicht bekomme ich nie wieder Post von pia_jacobi@yahoo.de, wenn du mich gesehen hast? Obwohl ich mir nichts mehr wünsche, als dich zu sehen, wie das allererste Mal.

Dein Muckel-Mann

Date Sent: Mon, 01. Apr 12:02
From: Pia Jacobi <pia_jacobi@yahoo.de>
To: Jean-Pierre Hiver <jeanpierre.hiver@hotmail.com>
Subject: Mon dieu

Jean-Pierre, Schnubblmäuschen, Muckel-Mann. Bei dir noch alles okay?

Date Sent: Mon, 01. Apr 13:08
From: Jean-Pierre Hiver <jeanpierre.hiver@hotmail.com>
To: Pia Jacobi <pia_jacobi@yahoo.de>
Subject: Alles okay

Bonjour, Schnucki. Ich dachte, mein deutsch ist nicht so besonders. Ich habe ein Buch gekauft, mit dem ich beeindrucken wollte. Liebesbriefe leicht gemacht, Gefühle richtig ausdrücken, oder so ähnlich. Gefällt es dir nicht?

Date sent: Mon, 01. Apr 13:22
From: Pia Jacobi <pia_jacobi@yahoo.de>
To: Jean-Pierre Hiver <jeanpierre.hiver@hotmail.com>
Subject: Non!

Bonjour Monsieur Hiver. Nein, es gefällt mir nicht nur nicht, es ist absolut ... na ja, unpassend.

Date sent: Mon, 01. Apr 13:35
From: Jean-Pierre Hiver <jeanpierre.hiver@hotmail.com>
To: Pia Jacobi <pia_jacobi@yahoo.de>
Subject: Hallo, süße Brausemaus

In meinem Buch sind ganz viele Musterbriefe, vielleicht habe ich nur den falschen ausgesucht.

Date sent: Mon, 01. Apr 13:55
From: Pia Jacobi <pia_jacobi@yahoo.de>
To: Jean-Pierre Hiver <jeanpierre.hiver@hotmail.com>
Subject: Schnuckibussi ...

leicht gemacht? Hast du etwa den ganzen Brief aus dem Buch abgeschrieben? Oder hast du tatsächlich Angst vor einem Treffen? Wenn ja, warum?

Date sent: Mon, 01. Apr 14:07
From: Jean-Pierre Hiver <jeanpierre.hiver@hotmail.com>
To: Pia Jacobi <pia_jacobi@yahoo.de>
Subject: Chérie ...

natürlich habe ich den Brief nicht abgeschrieben. Es war ein Witz, ein dummer, stupider Witz. Aber das macht die Sache nicht einfacher. Ein blödes Gefühl vor unserem Rendezvous habe ich, ja.

Vielleicht es ist alles nur Illusion, vielleicht ist nichts, wie es scheint. Vielleicht ist es nicht so, wie du denkst.

Date sent: Mon, 01. Apr 14:10
From: Pia Jacobi <pia_jacobi@yahoo.de>
To: Jean-Pierre Hiver <jeanpierre.hiver@hotmail.com
Subject: Blödes Gefühl

Ich finde, wir sollten es noch mal mit einem Rendezvous versuchen. Dass es nicht ganz so ist, wie ich bei deinen ersten Mails dachte, glaube ich inzwischen auch.

Date sent: Mon, 01. Apr 14:15
From: Jean-Pierre Hiver <jeanpierre.hiver@hotmail.com>
To: Pia Jacobi <pia_jacobi@yahoo.de>
Subject: Blödes Gefühl

Wir können uns treffen, wenn du versprichst, nicht (wieder) in Ohnmacht zu fallen, wenn du mich siehst.

Was machst du heute Abend?

Date sent: Mon, 01. Apr 14:22
From: Pia Jacobi <pia_jacobi@yahoo.de>
To: Jean-Pierre Hiver <jeanpierre.hiver@hotmail.com>
Subject: Versprochen …

Unter der Bedingung, dass du mich nicht wieder sitzen lässt, auch wenn du ein blödes Gefühl hast.

Heute geht's leider nicht. Ich habe meinem Vater zugesagt, ihm in einer Angelegenheit zu helfen, ich weiß nicht, wie lange das dauern wird. Danach muss ich noch einmal ins Büro, einige Dinge erledigen. Steuerkram, die Frist läuft morgen ab. Alles andere als ein aufregender Abend, aber ich weiß nicht, wann ich es sonst machen soll.

Wie wär's mit morgen? Im Soho? Um acht?

Date sent: Mon, 01. Apr 14:33
From: Jean-Pierre Hiver <jeanpierre.hiver@hotmail.com>
To: Pia Jacobi <pia_jacobi@yahoo.de>
Subject: D'accord

Ich werde da sein.

Bernhard hat ein Problem, genauer gesagt, zwei. Ganz genau gesagt: Ein Bier zu viel (0,6 Promille), einen Führerschein, den er quitt ist, und einen Berg dreckiger Wäsche, der sich stapelt.

»Wärst du wohl so nett, mich zum Waschsalon zu fahren?«

»Gibt's in der Anlage keinen Gemeinschaftswaschraum?«

»Schon, aber fast jede Maschine ist kaputt und man kann nicht waschen, wann man will. Man muss sich Wochen vorher eintragen.« Und irgendwie ist das alles auch peinlich mit all den anderen Hausfrauen. »Und ich weiß auch gar nicht, wie das geht.« Und fragen will er auch keinen.

Am Abend steht Bernhard mit seinem braunen Koffer auf dem Parkplatz vor seinem Hochhaus und wartet auf Pia, bis sie ihn abholt. Verwundert nimmt er zur Kenntnis, dass Pia mit einem anderen Wagen unterwegs ist, hievt den Koffer auf die Rückbank, steigt vorn ein und schnallt sich an.

»Was ist das denn für ein Auto?«

»Es gehört Flo.«

»Und wo ist deins?«

»Zur Inspektion.«

»Ah, so.«

Mit festem Griff umklammert seine Hand den Haltegriff an der Tür, mit einem Fuß scharrt er den Müll beiseite. Fress- und Zigarettenschachteln, Frittentüten, zerknautschte Coladosen, ein Heft »Wallpaper« und »The Face«, ein versifftes Zippo, das nach Benzin stinkt, Briefumschläge.

»Sag mal, hat der kein Zuhause? Wohnt der in seinem Auto?« Bernhard bückt sich und sammelt einige Briefe auf. Verstaut sie, nach Eingangsdatum geordnet, im Seitenfach und schüttelt missbilligend den Kopf. »Der hat sich seine Telefonrechnungen noch nicht einmal angesehen.«

Bei jeder roten Ampel tritt Bernhard mit dem Fuß unwillkürlich auf die Bremse, an seiner Hand treten die Knöchel weißlich hervor, Pia lacht ihn an.

»Ich fahr wirklich nicht zu schnell.« Bernhard lächelt zaghaft.

»Ich weiß. Aber ich bin das nicht gewohnt.« Schweigend beobachtet er den Hampelmann, der in seinem goldenen Glamour-Anzug auf dem Armaturenbrett im Takt der Straße hampelt.

»Wo gibt's denn so was?«

»Bei Audi.«

»Bei Au-di? Wieso denn bei Audi?«

»Was weiß ich. Erst war es in der Werbung, jetzt ist es Kult.«

»Wie? *Dieses* Ding ist Kult?«

»Früher war es dieser piefige Wackel-Dackel.«

»War der auch von Audi?«

»Keine Ahnung, wo der herkam. Von Aral?«

Bernhard scharrt mit der Schuhspitze in dem Müll zu seinen Füßen und hebt eine Coladose in die Höhe. »Und das hier? Das ist wohl auch Kult.«

Pia lacht. Das? Das ist Florian Urban.

Bernhard lässt die Coladose wieder fallen und sieht sinnend auf die Straße. Nach einer Weile zeigt er auf den zu einem Triangel verbogenen Drahtbügel am linken Rand der Windschutzscheibe.

»Die Antenne.«

Ah, so. Bernhard atmet tief durch. Und wendet seinen Naja-es-geht-mich-ja-nichts-an-wo-dieser-Flo-seine-Antenne-gelassen-hat-Blick nach rechts aus dem Seitenfenster. Umgeben von aufgeräumten Autos mit aufgeräumten Armaturen und richtigen Antennen, all den anderen kultlos glücklichen Führerscheinbesitzern. Bernhard tritt auf die Beifahrerbremse und Pia hält in zweiter Reihe.

»Da ist es. Du kannst schon mal aussteigen, ich komm nach.«

Skeptisch sieht Bernhard durch das Schaufenster in den Waschsalon, in dem sich seiner Meinung nach merkwürdige Gestalten tummeln, die ihre Wäsche nicht in einem braunen Koffer, sondern in blauen Müllsäcken an- und abtransportieren. Auf dem Bügeltisch sitzen, mit den Beinen baumeln, Bier aus Dosen trinken, Zigaretten rauchen, obwohl das alles verboten ist. Geöffnet von sechs bis vierundzwanzig Uhr, letzter Einlass um dreiundzwanzig Uhr. Entschlossen nimmt Bernhard seinen Koffer. »Nun denn.«

Überlegen lächelnd betritt er den Waschsalon. Entledigt sich im Zeitlupentempo seiner neuen Levis, zieht das T-Shirt über den Body, wirft beides in die Trommel, steht im Tiger-Tanga, in seinem gebräunten Muskeltorso da, lässt die Muckis seines Trizeps spielen und beginnt aus dem Augenwinkel mit Britney Spears zu flirten ... Wie in der Werbung ist es nicht.

Er zieht einen der sperrigen Stühle, wie sie auch in Eisdielen namens »Venezia« auf Hartgummihufen bockig herumstehen, vor eine Maschine, die er als seine auserkoren hat, und bittet Pia, ob sie vielleicht ... Münzen im Automaten tauschen, das Waschpulver ins richtige Kästchen füllen und den richtigen Knopf drücken könnte.

Nachdem er sämtliche Hinweis-, Verbots- und Gebotsschilder, die flackernde Neonröhre an der Decke, die Fussel und toten Fliegen in einem Spinnennetz und den Spinner in den Strumpfhosen eingehend studiert hat, blickt Bernhard in das schäumende Bullauge vor ihnen. Blättert gelangweilt in den zerfledderten blauen Heften vom Lesezirkel. *Naddel und der Neue. Ist es Liebe? – Naddel und der Neue. Ja! Es ist Liebe!* Und wirft sie auf den Stapel zurück. Er starrt vor sich hin und sagt, ohne Pia anzusehen:

»Mal wieder was von deiner Schwester gehört?«

»Soweit ich weiß, macht sie eine Umschulung zur Flugbegleiterin.«

»Zur Stewardess?«

»Was weiß ich, dauert bloß sechs Wochen. Sie nennen es Flugbegleiterin.«

»Was anderes als eine Saftschubse ist es ja nicht, oder?«

Bernhard seufzt und beobachtet seine schäumende Wäsche. »Na, mir soll's egal sein.« Er will sich darüber nicht mehr aufregen. Er legt den Kopf schief und kratzt sich im Genick.

»Was ich dich noch fragen wollte, da ist noch was.«

Er nestelt umständlich in der Innentasche seines Mantels herum und wirft einen Briefumschlag in Pias Schoß. Sie nimmt ihn und dreht ihn um. »Und?«

Bernhard quillt der Zorn ins Gesicht. »Der ist vom Anwalt.« Vom Anwalt. Das hätte sie Ruth gar nicht zugetraut. Pia versucht, den Absenderstempel zu entziffern.

Bernhard blickt auf den Brief, sein Kinn pickt wie ein motorisch gestörter Habicht aufgeregt in der Luft herum. »Wahrscheinlich hast du sie aufgehetzt.«

»Was hab ich? Das ist ja wohl das Allerletzte.« Pia wirft den Brief in seinen Schoß zurück und steht auf. »Du bist derjenige, der sich das eingebrockt hat. Ich werde einen Teufel tun und mich in eure Probleme einmischen.«

Sein Zorn weicht einem hoffnungsvollen Blick.

»Ja, dann ist ja alles klar. Dann kannst du mich ja beraten.«

»Wieso sollte ich dich beraten?«

»Wenn mir deine Mutter *so* kommt, brauche ich doch einen Anwalt.« Er zuckt mit den Schultern und sieht sie mit seinen chronisch vorwurfsvollen Augen an.

Auf einmal ist Ruth nicht Ruth oder seine Frau, sondern »deine« Mutter, für deren ungezogenes Verhalten nicht er, sondern sie sich zu entschuldigen hat, *seine* Mutter ist es jedenfalls nicht. Er fuchtelt mit dem Brief in der Luft herum.

»Sie zwingt mich ja förmlich dazu.«

»Mein Gott, wahrscheinlich geht es um Unterhalt, was sonst?«

»Genau.«

»Wirst du wohl zahlen müssen.«

»Warum?«

»Könnte ja sein, dass du es dir in deinem Apartment gemütlich machst, und Ruth steht dann da.«

»Sie sitzt in *meinem* Haus!«

»Da kann sie aber nicht reinbeißen.«

Also gut. Bernhard klopft mit der flachen Hand auf sein Knie, um nun endlich den gewünschten Geschäftsabschluss zu besiegeln. Pia schüttelt den Kopf. Bernhard atmet tief ein.

»Du kannst nicht von mir verlangen, dass ich zu einem Raffzahn von Anwalt renne und ihm mein sauer verdientes Geld in den Rachen werfe, wenn ich eine Tochter habe, die jahrelang Jura studiert hat und das genauso gut erledigen kann.«

»Ein Anwalt ist nicht so teuer, wie man meint.«

»Ts!« In einem Anflug von Temperament reißt Bernhard die Arme hoch und lässt sie wieder fallen. »Ein Anwalt? Ist wie eine Parkuhr. Alle fünf Minuten musst du nachwerfen.«

Heimtückisch geplante Überfälle auf sein sauer verdientes

Geld machen ihn munter. Ruth, ihr Raffzahn von Anwalt (den er wahrscheinlich auch bezahlen darf) und, nicht zu vergessen, die Barbie kostet ja auch. Pia sieht ihn mit gespieltem Mitleid an.

»Du meinst tatsächlich, dass ich das übernehme?«

»Ja, sicher.«

Praktisch, einen Anwalt in der Familie zu haben. Und Löcher in den Bauch zu fragen, hör mal, wie ist denn das? Und ist das denn nicht so oder so oder wie?

»Du könntest wenigstens schon mal ein Antwortschreiben aufsetzen. Weisen wir ..., aufgrund ..., Rhabarber, Rhabarber ..., jegliche Ansprüche zurück, irgend so was in der Art, du weißt schon.«

»Tut mir Leid, aber ...«

»Gut, gut, war ja bloß eine Frage.« Mit verkniffener Miene stopft Bernhard das verhängnisvolle Schreiben, das uns alle, bitte sehr, ihr habt es ja nicht anders gewollt, in den Ruin treiben wird, in seine Manteltasche. Nun wird er denken, Pia stehe doch auf Ruths Seite.

»Du kannst ja zu Rechtsanwalt Dengel gehen, aber ganz ohne Honorar wird er dich auch nicht vertreten.«

»Ach, der. Mit seiner Pantoffelkanzlei. Dann muss ich mir eben selber helfen.« Er hat sich auch schon einen Ratgeber gekauft. »Scheidung und Abzocke« – über die Narrenfreiheit der Frauen und ihre Unterhaltssklaven, die sie bei Wasser und Brot in kleinen, dreckigen Käfigen halten. Soll er denken, was er will. Macht er ja sowieso.

Die Wäsche hinter dem Bullauge fängt an zu schleudern. Bernhard sieht Pia an. »Wie geht es ihr eigentlich?«

»Elisa?«

»Deiner Mutter.«

»Schlecht.« Pia steht auf. »Hast du mal fünfzig Cent?«

»Wofür brauchst du fünfzig Cent?«

»Für den Trockner.«

Bernhard gibt ihr eine Münze und sagt: »Danke.«

Und noch einmal »Danke«, als sie ihn und seinen braunen Koffer zu Hause absetzt. »Willst du noch auf einen Sprung mit raufkommen?«

Pia schüttelt den Kopf und weist auf die Uhr. Bernhard nickt. Trägt seinen Koffer durch die Dunkelheit in das fahlgelb erleuchtete Treppenhaus und setzt ihn am Fahrstuhl ab. Er drückt auf den Knopf. Ein kleines Dreieck leuchtet grün auf.

Willkommen bei Yahoo! Eine neue Nachricht von Jean-Pierre.

Date sent: Mon, 01. Apr 18:00
From: Jean-Pierre Hiver <jeanpierre.hiver@hotmail.com>
To: Pia Jacobi <pia_jacobi@yahoo.de>
Subject: Bonsoir

Chère Pia, anbei ein kleiner musikalischer Gruß, damit die Sonne scheint, obwohl es regnet und der Ostermontag vielleicht doch noch eine kleine Freude hat. Ich hoffe, im Büro bist du schneller im Net als mit deiner doch sehr antiken Modem-Verbindung zu Hause. Damit du während des downloads nicht grün wirst. ;-)

Jean-Pierre

Date sent: Mon, 01. Apr 22:19
From: Pia Jacobi <pia_jacobi@yahoo.de>
To: Jean-Pierre Hiver <jeanpierre.hiver@hotmail.com>
Subject: By your side

Cher Jean-Pierre, im Büro geht es echt schnell, kein Problem, man wird nicht grün dabei.

Du kannst hellsehen. Tagelang habe ich Sade gehört,

dieses Lied von der CD »Lovers Rock«. Es ist ja so kitschig, aber mir war danach. Weißt du, wo ich es das erste Mal gehört habe? Du wirst es nie erraten.
Pia

Date sent: Mon, 01. Apr 22:29
From: Jean-Pierre Hiver <jeanpierre.hiver@hotmail.com>
To: Pia Jacobi <pia_jacobi@yahoo.de>
Subject: Lovers Rock

Ich weiß.

Date sent: Mon, 01. Apr 22:36
From: Pia Jacobi <pia_jacobi@yahoo.de>
To: Jean-Pierre Hiver <jeanpierre.hiver@hotmail.com>
Subject: Lovers Rock

Du bluffst. Du kannst es gar nicht wissen.

Date sent: Mon, 01. Apr 22:39
From: Jean-Pierre Hiver <jeanpierre.hiver@hotmail.com>
To: Pia Jacobi <pia_jacobi@yahoo.de>
Subject: Lovers Rock

Silvester.

Date sent: Mon, 01. Apr 22:44
From: Pia Jacobi <pia_jacobi@yahoo.de>
To: Jean-Pierre Hiver <jeanpierre.hiver@hotmail.com>
Subject: Lovers Rock

Das ist geraten.

Date sent: Mon, 01. Apr 22:47
From: Jean-Pierre Hiver <jeanpierre.hiver@hotmail.com>
To: Pia Jacobi <pia_jacobi@yahoo.de>
Subject: Lovers Rock

Im Taxi. Auf dem Weg zum Krankenhaus.

Date sent: Mon, 01. Apr 22:53
From: Florian Urban <info@best.agency.com>
To: Pia Jacobi <pia_jacobi@yahoo.de>
Subject: Paris at Night

Ein Streichholz angezündet in der Nacht … mag mir all das wieder ins Gedächtnis bringen.

Loveparade

Date sent: Tue, 02. Apr 07:01
From: Florian Urban <info@best.agency.com>
To: Pia Jacobi <pia_jacobi@cobishop.com>
Subject: Vorsichtige Anfrage

Sauer?

Date sent: Wed, 03. Apr 09:00
From: Florian Urban <info@best.agency.com>
To: Pia Jacobi <pia_jacobi@cobishop.com>
Subject: Vorsichtige Anfrage II

Hallo? Ist da jemand?

Date sent: Wed, 03. Apr 10:00
From: Florian Urban <info@best.agency.com>
To: Pia Jacobi <pia_jacobi@cobishop.com>
Subject: :-(

Mir ist ganz elend, nur du kannst das ändern.

Date sent: Wed, 03. Apr 10:43
From: Pia Jacobi <pia_jacobi@cobishop.com>
To: Florian Urban <info@best.agency.com>
Subject: :-(

Sehr geehrter Herr Urban, Jean-Pierre, Pharisäer, mieser Kerl. Auf *Sie* wäre ich nicht gekommen, obwohl mir das mit dem Bier und den Erdnüssen schon etwas »spanisch« vorkam ... Franzosen hatte ich mir etwas stilvoller vorgestellt.

Date sent: Wed, 03. Apr 11:08
From: Florian Urban <info@best.agency.com>
To: Pia Jacobi <pia_jacobi@cobishop.com>
Subject: Ich ...

weiß auch nicht.

Eigentlich sollte es nur ein kleiner Scherz sein. Es hat sich so ergeben, ich konnte nicht mehr aufhören.

Ich wollte dir nur *eine*, wirklich nur *eine* Mail schicken und dir dann sagen, dass ich dahinter stecke. Und dann noch eine und noch eine, bis ich den richtigen Absprung verpasst habe, den einen Moment, in dem du mir noch nicht die Ohren abgerissen hättest.

Eigentlich hat Belle das Ganze angezettelt. Sie hat mir erzählt, dass du diesen Silvestertypen unbedingt wiedersehen wolltest und sogar eine dieser selten dämlichen Annoncen aufgegeben hast. Und dann von diesem einen mit den »grauen Wollhandschuhen«, der es dann doch nicht war. So bin ich erst auf die Idee gekommen, mich unter falschem Namen einzuklinken.

Jean-Pierre, eine echte Schnapsidee, ich kann ja gar kein Französisch. Das wurde mir erst später klar, als es kein Zurück mehr gab. Es sollte ja anfangs nur ein Gag sein. Belle hat mir beim Übersetzen geholfen, bitte nimm ihr das nicht übel! Und natürlich auch bei unserer »Liebelei«, die keine war, bloß ein Ablenkungsmanöver, damit du nichts merkst. Ich hatte schon befürchtet, du bist dahinter gekommen. Vielleicht wollte ich dich auch eifersüchtig machen, was weiß ich. Wir dachten, so würdest du am wenigsten Verdacht schöpfen.

Irgendwie hat mich dieser Lackaffe an dem Silvesterabend auch genervt, wie er dich abgeschottet hat und es sich nicht nehmen lassen wollte, dich ins Krankenhaus zu begleiten. Er sei »Arzt« oder irgend so was. Zugelabert hat er uns, mit seiner »Synkope« und seinem »hypovolämischen, einfachen hypervoluminösen« Schock, weiß der Geier, wie er das nannte, Vulnus dingsbums. Und dann hat er mich noch so schwach von der Seite angeredet, von wegen, ich sollte besser nicht so viel trinken und nach Hause fahren und meinen Rausch ausschlafen. Und da hab ich eben zu ihm gesagt ... du weißt schon.

Wie ihr euch die ganze Zeit angestarrt habt. Ich dachte nur, das kann ja wohl nicht sein ... Du. Mit *dem*. Und dann dachte ich, nee, mit jedem, aber mit *dem* nicht.

Eigentlich wollte ich es dir schon an dem Hammelabend sagen. Aber dann hat mich der Mut verlassen, als ich den Tisch und die Kerzen und das alles gesehen habe. Und wie du aufgekocht hast, für diesen Armleuchter.

Ich wollte es dir sagen, ehrlich, ich schwöre, aber dann habe ich zu meinem Handy gegriffen und dich vom Badezimmer aus angerufen, um dich wenigstens nicht länger auf diesen Lackel warten zu lassen ... Das Rauschen in der Leitung war übrigens nicht die Autobahn, es war deine Klospülung.

Der Abend ist doch trotzdem noch ganz nett geworden, oder? Ich war auch froh, dass du bei meinem zweiten Anlauf im Soho nicht gekommen bist. Wahrscheinlich wäre ich wieder abgehauen.

Und dann dachte ich, ich höre einfach auf und sage gar nichts, lasse Jean-Pierre einfach verschwinden, diesen treulosen Franzmann, aber das bringe ich auch nicht fertig, du wartest ja auf seine Antwort. Ich hatte mich total vergaloppiert und wusste nicht, wie ich da je wieder herauskommen soll. Das Ganze ist völlig aus dem Ruder gelaufen.

Ein schlechtes Gewissen habe ich auch wegen Jürgen, weil wir ihn da mit reingezogen haben und den Verdacht auf ihn gelenkt haben.

Eigentlich hatte ich dich schon zu Silvester zu Bocuse einladen wollen, aber dann hattest du diese Grippe, und danach war's gelaufen … Den Rest kennst du.

Nun ist es raus. Aus? Unten durch, bis in die Steinzeit?

Ich hoffe, du musst nicht allzu lange überlegen.

Dein Flo, ZZ (ziemlich zerknirscht)

Trotz allem ein :-x (?)

Date sent: Wed, 03. Apr 11:19
From: Pia Jacobi <pia_jacobi@cobishop.com>
To: Florian Urban <info@best.agency.com>
Subject: }:-)

Wirklich toll fand ich deine Aktion nicht, aber ich bin froh, dass sich alles aufgeklärt hat. Ich bin froh, dass Jürgen nichts damit zu tun hat und ich den Armleuchter doch noch gefunden habe.

Er ist richtig nett. Charmant. Witzig. Und wahn-sin-nig sexy. Wir schicken uns von morgens bis abends bis morgens in die Luft.

Pia

Date sent: Wed, 03. Apr 11:25
From: Florian Urban <info@best.agency.com>
To: Pia Jacobi <pia_jacobi@cobishop.com>
Subject: :-o

Dieser Langweiler? Das darf ja wohl nicht wahr sein.

Flo

Date sent: Wed, 03. Apr 11:27
From: Florian Urban <info@best.agency.com>
To: Isabelle Stern <isabelle.stern@rheinbank.de>
Copy: Pia Jacobi <pia_jacobi@cobishop.com>
Subject: :-@

Belle, sie hat sich mit dem Armleuchter getroffen. Hast du das gewusst?

Date sent: Wed, 03. Apr 11:32
From: Isabelle Stern <isabelle.stern@rheinbank.de>
To: Florian Urban <info@best.agency.com>
Copy: Pia Jacobi <pia_jacoby@cobishop.com>
Subject: :-o

Das darf ja wohl nicht wahr sein. Pia, warum hast du mir nichts davon erzählt?

Date sent: Wed, 03. Apr 11:37
From: Pia Jacobi <pia_jacobi@cobishop.com>
To: Isabelle Stern <isabelle.stern@rheinbank.de>
Copy: Florian Urban <info@best.agency.com>
Subject: ;-)

Ich habe mich nicht mit ihm getroffen, wir werden uns auch nicht treffen. Er wollte lediglich, dass ich die Reinigungskosten seiner Jacke übernehme. Dass wir uns so angestarrt haben, hatte eher medizinische, nicht romantische Gründe. :-(

Gemein von euch, Jürgen mit hineinzuziehen. Obwohl ich ihm das mit den »Liebesbriefen – leicht gemacht« durchaus zugetraut hätte. Ich war kurz davor, ihn darauf anzusprechen und zu fragen, was das soll. Wie peinlich, das müsst ihr euch mal vorstellen.

Auch euer Scherz mit der Lammkeule und dem Virus war nicht nett!

Date sent: Wed, 03. Apr 11:45
From: Florian Urban <info@best.agency.com>
To: Pia Jacobi <pia_jacobi@cobishop.com>
Subject: New photos from my party

Ein Versehen! Ich selbst habe die Mail von einem Bekannten erhalten. Auch ich war zu blöd und habe die angehängte Datei geöffnet. Ich wollte dich noch warnen, da war's schon zu spät. Tut mir Leid, aber es ist ja noch mal relativ gut gegangen.

Du wolltest Jürgen fragen, was das soll?

Nee, das stell ich mir lieber nicht vor.

Date sent: Wed, 03. Apr 11:47
From: Isabelle Stern <isabelle.stern@rheinbank.de>
To: Pia Jacobi <pia_jacoby@cobishop.com>
Subject: Lammkeule

Wir dachten, es sei das einfachste Rezept. Ich hab's von meiner Oma. Sie sagt, es gelingt immer. Man kann gar nichts falsch machen und muss nicht ewig in der Küche stehen.

Ich dachte auch, dass Flo und du an dem Abend ... aber das hat ja leider nicht geklappt.

CU, Belle

Date sent: Thu, 04. Apr 08:29
From: Pia Jacobi <pia_jacobi@cobishop.com>
To: Isabelle Stern <isabelle.stern@rheinbank.de>
Subject: Die liebe Liebe

Und? Im Supermarkt schon einen gefunden?

Date sent: Thu, 04. Apr 09:32
From: Isabelle Stern <isabelle.stern@rheinbank.de>
To: Pia Jacobi <pia_jacobi@cobishop.com>
Subject: Tengelmännchen

Samstag Nachmittag, halb vier, hinter mir an der Kasse:

Gnocchi mit Salbei-Sahne-Soße, zweimal Du-darfst-Landleberwurst, eine Packung Lieken Vollkorn, eine Flasche ACE-Frühstückssaft und die Spex. Was auf jemanden schließen lässt, der seinen Kater und sein schlechtes Gewissen mit ACE zu besänftigen versucht, sein Wochenende mit einem leeren Kühlschrank allein verbringt und höchst kompliziert über Musik salbadern kann.

Er: Hallo.

Wie zu einer guten, alten Bekannten.

Ich: Kennen wir uns?

Er: Ich hab dich in letzter Zeit hier ein paarmal gesehen.

Ich: Kann sein. Kann nicht sein.

Er: Ich bin dir vielleicht nicht aufgefallen. Bist du neu hier?

Ich: Nein.

Er: Wohnst du in der Johannisstraße?

Ich kenn ihn. Ihn und seine Tengelmann-Masche. Ob du neu bist, ob du in der Johannisstraße wohnst. Mich hat er schon dreimal gefragt. Samstags klappert er einen Supermarkt nach dem andern ab.

Aber der Typ an dem Brot-Shop ist echt süß.

Belle

%:-)

Date sent: Thu, 04. Apr 16:13
From: Elisa Jacobi <elisa.jacobi@t-online.de>
To: Pia Jacobi <pia_jacobi@cobishop.com>
Subject: Surprise, surprise

Hallo Pia, rate, wo ich gerade bin. Du kommst nie drauf. In Las Vegas. Christian und ich sind zum Flughafen und haben Last Minute gebucht. Einfach so, aus Jux und Tollerei, echt kinky. Jetzt sind wir hier und wollen, halt dich fest, morgen heiraten. In einer Wedding Chapel, das Venetian Hotel hat schon alles arrangiert, bis zur Blume im Knopfloch.

Christian habe ich an einer Ampel in Duisburg kennen gelernt. Kennst du diese Aufkleber? meinnummernschild.de?

Er hat mir eine Mail geschickt und es hat sofort gefunkt.

Bitte sag Ruth und Bernhard noch nichts davon. Ruth wird aus allen Wolken fallen und schwer beleidigt sein, aber, im Ernst, eine Hochzeit in D'dorf, mit Ruth und Bernhard und Britney Spears, ist auch nicht das Gelbe vom Ei. Ich werde es ihnen schonend beibringen, wenn wir wieder zurueck sind. In zwei Wochen. Wie sieht's denn zu Hause momentan aus?

CUl8 r
Elisa

Date sent: Thu, 04. Apr 16:32
From: Pia Jacobi <pia_jacobi@cobishop.com>
To: Elisa Jacobi <elisa.jacobi@t-online.de>
Subject: Last Minute?

Hallo Elisa, die Überraschung ist gelungen. Congratulations! Bin schon gespannt, wie du es Ruth (und Lydie!)

beibringen willst, den schönsten Tag im Leben einfach hinter ihrem Rücken in der Wüste zu verbringen. Ohne familiäres Tamtam, so ganz ohne Hochzeitstisch ... Sie werden dir *nie* verzeihen. Nie!

Hier ist so weit alles okay. Halbwegs.

Bernhard ist mit Britney nicht wirklich glücklich geworden. (Oder umgekehrt?) Er wohnt wieder zu Hause. Ganz freiwillig war sein Entschluss nicht, wahrscheinlich haben ein paar Briefe von Ruths Anwalt und eine finstere Prognose von mir nachgeholfen: »Auf hoher See und vor Gericht bist du allein in Gottes Hand.«

Die Botschaft ist anscheinend angekommen. »Alles andere wäre ja, rein wirtschaftlich betrachtet, finanzieller Selbstmord.« (O-Ton Bernhard) Er hatte aus steuerlichen Gründen irgendwann einmal, in grauer Vorzeit, das Haus Ruth übertragen, nur so, »auf dem Papier«. Er hätte nie gedacht, dass sie ihn raussetzen kann.

Kurz und gut: Seine »dysfunktionale Impulssteuerung« (O-Ton Ruth) hat sich gelegt, und Ruth will, so scheint es, großzügig darüber hinwegsehen. Übrigens: Die Osterglocken im Garten blühen in diesem Jahr besonders schön. So weit, so gut?

Alles nur erdenklich Gute für euch und den großen Tag. Wer ist euer Trauzeuge? Elvis Presley? Kann man einen mieten, oder braucht man keinen? Grüße unbekannterweise an Christian.

Bis sehr bald
Pia

Date sent: Fri, 05. Apr 08:46
From: Isabelle Stern <isabelle.stern@rheinbank.de>
To: Pia Jacobi <pia_jacobi@cobishop.com>
Subject: Goodbye, Cologne

Moin, moin. Weißt du schon das Neueste? Komme wieder nach D'dorf. Mein Job steht mir bis Oberkante Unterlippe. Bisher hatte ich die Fusionsgerüchte nicht unbedingt ernst genommen, bis gerade ein »Test« auf den Tisch kam, mit dem schönen Titel »Blending the best« und ein »Programm zur Verbesserung der Effizienz«. Erst hieß es »Umstrukturierung«, jetzt »Restrukturierung«, viele wollen sie rausschmeißen, die »Besten« behalten. Ohne mich. Ich spekuliere auf eine hohe Abfindung, und dann ... Mal sehn.

Du weißt nicht zufällig eine Wohnung, die frei wird?

Bitte nicht über einem Drogeriemarkt. Der in meinem Haus wurde schon dreimal überfallen, immer sind die Straßen abgeriegelt, Helikopter fahnden mit Suchscheinwerfern in den Hinterhöfen nach den Tätern. Nächtelang ein Heidenkrach über dem Dach. Man wird ganz mürbe davon. Beim ersten Mal dachte ich, sie drehen einen Krimi.

Belle

§:-)

Date sent: Fri, 05. Apr 09:15
From: Florian Urban <info@best.agency.com>
To: Pia Jacobi <pia_jacobi@cobishop.com>
Subject: Freispruch

Madame, Hohes Gericht, ich habe freiwillig(!) alles(!) gestanden. Ich beantrage Freispruch.

Florian Urban

Date sent: Fri, 05. Apr 09:31
From: Pia Jacobi <pia_jacobi@cobishop.com>
To: Florian Urban <info@best.agency.com>
Subject: Freispruch?

Haben Sie etwas zu Ihrer Entlastung vorzutragen?

Date sent: Fri, 05. Apr 09:39
From: Florian Urban <info@best.agency.com>
To: Pia Jacobi <pia_jacobi@cobishop.com>
Subject: For the world …

… you're someone, for someone you're the world. Außergewöhnliche Umstände erfordern außergewöhnliche Maßnahmen. Ich beantrage wenigstens mildernde Umstände wegen Unzurechnungsfähigkeit und Eifersucht und überhaupt.

Ihr Ihnen treu ergebener F.

Date sent: Fri, 05. Apr 09:47
From: Pia Jacobi <pia_jacobi@cobishop.com>
To: Jean-Pierre Hiver <jeanpierre.hiver@hotmail.com>
Subject: Was ich Sie noch fragen wollte

Haben Sie eine Freundin?

Date sent: Fri, 05. Apr 09:51
From: Jean-Pierre Hiver <jeanpierre.hiver@hotmail.com>
To: Pia Jacobi <pia_jacobi@cobishop.com>
Subject: Wir …

… hatten eine tolle Zeit. Ich habe bei ihr gewohnt. Wir haben alles zusammen gemacht, gelacht, geweint, gestritten. Wir konnten sowieso ziemlich vieles ziemlich gut machen. Dann hat sie mich rausgeworfen. Wir sind gute Freunde geblieben, obwohl ich das entsetzlich finde. Welcher Typ hält das aus? Irgendwie glaube ich, hoffe ich, weiß ich (?), es ist noch was zwischen uns. Vielleicht bilde ich es mir ein. Ich weiß manchmal nicht, was ich glauben soll: Ob es ist, wie es scheint, oder ob ich nur etwas sehe, was ich mir wünsche.

Manchmal sieht sie mich so an, auf der Rückfahrt von Köln zum Beispiel. Sie meint, ich merke es nicht, aber ich spüre dieses Knistern in der Luft. Ich liebe dieses Knistern, aber ich hasse es auch. Ich habe sogar einen Tramper mitgenommen, was ich sonst nie tue. Einen Dauerquassler, er hat mich abgelenkt, sonst … ich weiß nicht, was passiert wäre. Und ich weiß nicht, wie sie reagieren würde.

Ich sehe sie oft, und sie fehlt mir. Ich bin verliebt in sie, mehr als ich es jemals in jemanden war. Sie ist mir davongelaufen. Ich weiß auch nicht warum.

Date sent: Fri, 05. Apr 09:58
From: Pia Jacobi <pia_jacobi@cobishop.com>
To: Jean-Pierre Hiver <jeanpierre.hiver@hotmail.com>
Subject: Ich …

… auch nicht.

:-X

Date sent: Fri, 05. Apr 10:02
From: Florian Urban <info@best.agency.com>
To: Pia Jacobi <pia_jacobi@cobishop.com>
Subject: :-)))

Thank God, it's Friday.

Vielleicht sollte ich sie zum Essen einladen. Vielleicht heute Abend?

Zu ihr oder zu mir?

:–X

Flo hat sein Wohnzimmer in einen orientalischen Diwan verwandelt. Sitzkissen in Karmesinrot, Violett und Gold, Teelichter in marokkanischen Lampen. Auf einem silbernen Tablett mit ziselierten Ornamenten Erdnüsse und Bier.

»Eh, voilà, der Apéritif.«

»Und das Menü?«

»Gibt's morgen.«

Am Ende der Straße tauchen ein paar Verkehrsschilder auf. Rechtsabbieger einordnen. Nach links einfädeln lassen. Auf einer blauen Tafel steht »Luxembourg 227 km«.

Und dann »Dijon«. »Lyon«. Bocuse.

Wer weiß schon, was der Abend bringt.

Vielleicht nur eine Nacht.

Vielleicht für immer.

Online-Glossar

:-)	Lächeln, gute Laune, glücklich sein; freundlich gemeint, lässt sich beliebig steigern
:-))	sehr glücklich
:-)))	überglücklich
:-(	schlechte Laune; traurig
;-)	Zwinkern; nicht so ernst gemeint
:-x	Küsschen
:-X	Kuss
}:-)	lüsternes Grinsen
:-o	erschrocken, schockiert; erstaunt
:-@	erbost
%:-)	müsste mal zum Friseur
§:-)	war beim Friseur
STn	schönen Tag noch
thx	thanks; danke
n8	night; Gute Nacht
n8angel	night angel; Nachtengel
CU	see you; bis bald
CUl8r	see you later; bis später
...	Sternchen, um den Text dazwischen zu betonen, mangels anderer Funktionen wie kursiv oder fett
Chat	Kommunikation im Internet; plaudern per E-Mail; auch: Mails in real time, in »Echtzeit«, zwischen Anwesenden hin und her schicken; evt. ausgelöst durch eine Instant Message, eine Mail, die gerade hereinkommt

Carina Klein

Wo geht's denn hier nach oben?

Roman. 196 Seiten. SP 3318

Pia, jung, dynamisch und frisch gebackener Single, weiß genau, was sie will: einen Job. Nach ihrem elend langen Studium steht einer hoffungsvollen Karriere als Anwältin nichts im Weg – wenn sie nicht von einer Absage zur nächsten stolpern würde. Da nützen weder die Bewerbungsratgeber noch die gut gemeinten Ratschläge von Freunden und Eltern etwas. Mit Juristen kann man die Straße pflastern, sagt das Arbeitsamt. Warum sollen wir ausgerechnet Sie einstellen?, fragen die Firmenbosse. Da hat Pia eine zündende Idee … Carina Klein erzählt vom Leben nach dem Studium: Von Bewerbungstipps und Motivationsgurus, von Bossen mit Machoallüren und giftigen Sekretärinnen, von besorgten, aber leider etwas anstrengenden Eltern – ein mit erfrischendem Galgenhumor gezeichnetes Porträt der Twentysomethings in der Großstadt.

Wiebke Lorenz

Liebe, Lügen, Leitartikel

Roman. 278 Seiten. SP 2927

Die junge Journalistin Maike Kröger versteht die Welt nicht mehr: Jedesmal, wenn sie die ultimative Titelstory für ihre Zeitung geschrieben hat, erscheint sie genau einen Tag vorher beim Konkurrenzblatt. Mühevolle Recherchen, Lokaltermine, stundenlange Telefonate – alles völlig umsonst! Als Maike endlich Richard Baumann von der Konkurrenz an der Strippe hat, läßt der sie abblitzen. Maike schäumt vor Wut und schwört Rache! Da kommt ihr die zündende Idee: Sie läßt Baumann eine brisante Geschichte zukommen, an der allerdings nichts Wahres dran ist – davon ist zumindest Maike fest überzeugt. Prompt heißt es am folgenden Tag im Konkurrenzblatt: »Ärztepfusch in der Privatklinik Diederhoff!« Der Skandal ist perfekt: Richard Baumann wird fristlos entlassen. Eigentlich könnte Maike sich voller Genugtuung zurücklehnen, doch die Konkurrenz schläft nicht …